Die kleine klassische Sau

DIE KLEINE KLASSISCHE SAU

*Das Handbüchlein der literarischen
Hocherotik für unterwegs
Herausgegeben von
Eva Zutzel & Adam Zausel
Mit einem schweinösen ABC von
Nikolaus Heidelbach*

HAFFMANS VERLAG

Die Erstausgabe erschien 1996
im Haffmans Verlag

Alle Rechte vorbehalten
Copyright © 1996, 2000 by
Haffmans Verlag AG Zürich
ISBN 3 251 00468 9

Es gibt kein Argument für die Unterdrückung der obszönen Literatur, das nicht in unvermeidlicher Folge zur Rechtfertigung aller anderen Beschränkungen, die der Freiheit des Geistes auferlegt wurden, dienen würde oder bereits gedient hätte.
D. H. Lawrence

Hoffentlich wird eines schönen Tages sich jemand damit verteidigen, daß sein Werk a) pornographisch ist, b) ernsthaft und c) wertvoll für Gesundheit und Leben der Republik. Norman Mailer

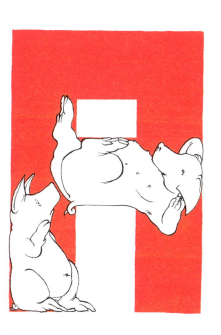

Abküssen

Auf das, was folgte, war sie nicht gefaßt. Zuerst wühlte sich Graham unten ins Bett und stieß ihr quasi mit dem Kopf die Beine auseinander. Dann begann er sie zu küssen, unverkennbar mit Zärtlichkeit, doch ohne rechten Sinn für ergiebige Stellen. Was auch kein Wunder war, denn er tat das erst zum zweiten Mal. Sie hatte angenommen, sie würde da unten herum nicht gut schmecken; zumindest nicht für ihn.   *Julian Barnes*

Abspritzen

Der Club zum Ringelschwänzchenreihen ist exklusiv. Exklusiv, weil man ihm nur beitreten kann, wenn man im Juniorenschlafsaal schläft, einem ohne Schlafnischen. Es ist nicht schwer, Mitglied zu werden. Es gilt Zwangsmitgliedschaft. Wenn einer sich weigert, kann der Club sich nicht treffen.

Die Regeln sind schnell gelernt. Sobald das Licht aus ist, streckst du deine rechte Hand aus, bis sie das *membrum virile* deines Nachbarn findet. Dasselbe geschieht dir vom Jungen zu deiner Linken. Auf ein gegebenes Signal des Clubpräsidenten hin (stets der Präfekt, der die Pflicht hat, in einem Juniorenschlafsaal zu schlafen) heißt es, alle Hände an die Pumpen, und der letzte,

dem einer abgeht, steht für eine Woche auf dem Putzplan fürs Badezimmer.
Stephen Fry

Abtreibung

Morris Zapp ist weder prüde noch reaktionär. Er hatte in vielen Umfragen kundgetan, daß er dafür ist, die derzeitigen Abtreibungsgesetze in Euphoria abzuschaffen (wie auch die Gesetze über Unzucht, Masturbation, Ehebruch, Sodomie, Fellatio, Cunnilingus und sexuelle Stellungen, bei denen die Partnerin oben ist; die ersten Siedler Euphorias gehörten einer besonders kleinkarierten pu-ritanischen Sekte an, und ihre Tabus sind in einer Gesetzgebung festgeschrieben, bei deren strikter Beachtung mittlerweile neunzig Prozent der derzeitigen Einwohner hinter Gittern säßen). Etwas anders aber sieht die Sache aus, wenn man mit hundertfünfundfünfzig Frauen in einem Flugzeug festsitzt, die faktisch der Sünde Sold bezahlen. Der Gedanke an ihre hundertfünfundfünfzig zum Tode verurteilten blinden Passagiere jagt Morris Zapp Schauer über den gebeugten Rücken, und als die Maschine in die kürzlich von Philip Swallow mitgemachten Turbulenzen gerät und anfängt zu vibrieren, schlottert er vor Angst. *David Lodge*

Aktfotografie

Er sprach über Aktfotografie. Das war dann wohl seine Masche, um Mädchen für sich zu interessieren und ohne lange Umschweife schon mal Wesentliches ganz unverfänglich beim Namen nennen zu dürfen. »Die Brrüüste«, »das Beecken«, »die Schaam«, er kostete die Worte aus, aber man durfte nichts Böses dabei denken, denn es ging um sehr umfassende Zusammenhänge. Er dozierte ununterbrochen. Zeichnete die Bilder, von denen er sprach, mit schönen, harmonischen Bewegungen in die Luft und legte im Sprechen gelegentlich die Hand auf Silvas Arm. Jeder Mensch, so Boulanger, passe als körperlich-geistige Erscheinung nur in eine ganz bestimmte

Landschaft. Dort, nur dort könne man ihn nackt fotografieren. An jedem anderen Ort sei es Pornografie. Innenräume? Strikt lehnte er sie für die Aktfotografie ab. Nur Landschaft, aber bitte die wesenskonforme. Manche Menschen könne man in gar keiner Landschaft fotografieren, so sehr seien sie der eigenen und damit der Gesamtnatur entfremdet. Unheilbar. Ein Aktfoto bedeute Grausamkeit.
Gerhard Mensching

Alter

Mit über sechzig bin ich noch kein bißchen abgeklärt in bezug auf die Sinnenfreuden. Ich lache selbst darüber: vergreiste Jugend. *Paul Leautaud*

Kuriose Details über Hugos jüngsten Aufenthalt in Paris, die von Madame Meurice kommen. Hugo ist der Typ des Sechzigjährigen, der von heftigem Priapismus befallen ist, ein wirklicher Hulot von Balzac. Jeden Abend gegen zehn Uhr verließ er das Hotel Rohan, wo er Juliette einschloß, unter dem Vorwand, er gehe seine Enkelkinder hüten; und so kehrte er zum Hause Meurice zurück, wo ihn bis zu drei Frauen erwarteten, an denen sich die aufgescheuchten Mieter im Treppenhaus stießen. Diese Frauen gehörten den verschiedensten Klassen an, von den erlauchtesten bis zu den allerschmutzigsten. Und durch das Fenster im Erdgeschoß, in dem Zimmer, das Hugo sich ausgesucht hatte, sah das Dienstmädchen von Madame Meurice, wenn sie morgens oder abends im Garten herumstrich, nackte Partien seltsamer Priapfeste. Das scheint Hugos Hauptbeschäftigung während der Belagerung gewesen zu sein.

Edmond und Jules de Goncourt

Analverkehr

Dann lenkte er das Gespräch auf Ärsche. Er bat, mein Poloch berühren zu dürfen. Ich erlaubte es ihm. Wer A sagt, muß auch B sagen, dachte ich mir. Er zog mir die Hosen herunter und beschaute meinen Hintern, worauf sein Schwanz sich aufrichtete. »Ist er unberührt?« fragte er und befühlte ihn. Dann stellte er sich neben mich, ich legte ihm den linken Arm um die

Hüfte, um das Gleichgewicht zu halten, wichste ihn, und der kleine Arschficker vergoß seinen Samen, wenn auch nur sehr wenig. Ich wusch mir rasch die Hände. *Walter*

Angebot

Nana hatte ihnen den Rücken zugewandt und sah sie nicht. Sie hielt sich bestimmt an dem dicken Steiner schadlos, der neben ihr saß. Um so schlimmer! Daran war dieser Muffat schuld, der nicht gewollt hatte. In ihrem Kleid aus weißem Foulard, das leicht und zerdrückt wie ein Hemd war, bot sie sich mit ihrer ruhigen Miene eines gutmütigen Mädchens an. Die Rosen in ihrem Haarwulst und ihrer Korsage waren entblättert; nur die Stiele waren übriggeblieben. Doch Steiner zog rasch die Hand aus ihren Röcken zurück, wo er eben auf die Stecknadeln gestoßen war, die Georges dort befestigt hatte. Ein paar Tropfen Blut kamen zum Vorschein. Einer fiel auf das Kleid und befleckte es. *Emile Zola*

Arsch

Habe ich schon erwähnt, daß Maryanne ziemlich hochgewachsen war? Außerdem war sie sonnengebräunt, und sie hatte keinen breiten Arsch. Sie war auf wunderbare Weise wunderbar. Sie hatte ein paar winzige Sommersprossen, nur Andeutungen davon, auf dem Nasenrücken. Sie hatte eine kleine weiße Narbe auf einem ihrer braunen Knie. Ist es möglich, daß ein Mädchen natürlich und exotisch zugleich aussieht? Glauben Sie mir. Wenn nicht, fahren Sie mal nach Schweden. Notfalls tut's auch Finnland. *David M. Pierce*

Ausschweifung

Ursache aller Krankheiten der Junggesellen. *Gustave Flaubert*

Ausziehen

Zieh Dich aus und ruf mich an!
Zeitungsannonce

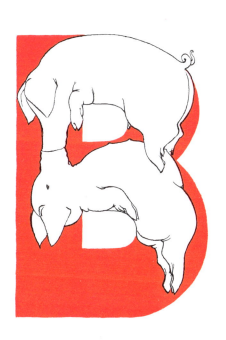

Bazillen

Der berühmte Doktor Koch
fand Bazillen noch und noch.
Unter diesem Kochschen Faible
litt seine Freundin namens Mabel.
Nur mit dem Rufe »Streptokokken!«
konnt sie ihn in die Falle locken.

Hans Traxler

Begehren

Nun lag sie da, umglüht von zärtlichem Begehr, / Und lächelte voll Lust von ihres Diwans Kissen / Auf meine Liebe, die anschwellend wie das Meer, / Aus nächtigen Tiefen stieg, zum Ufer hingerissen.

Charles Baudelaire

Begierde

Pfaffenwort für fleischliche Gelüste.
Gustave Flaubert

Als er im Bett lag, erstickte sie fast und warf sich schluchzend an seine Brust. Damit endeten ihre Prügeleien immer; sie zitterte davor, ihn zu verlieren. Sie hatte ein feiges Bedürfnis, ihn trotz allem zu ihr gehörig zu wissen. Zweimal nacheinander stieß er sie mit einer stolzen Gebärde zurück. Aber die laue Umarmung dieser Frau, die ihn mit ihren großen feuchten Augen eines treuen Tieres anflehte, erhitzte in ihm die Begierde. Und er wurde gutmütig, ohne sich jedoch zu irgendeinem Entgegenkommen herabzulassen; er ließ sich liebkosen und mit Gewalt er-

obern, wie ein Mann, dessen Verzeihung zu erlangen der Mühe wert ist.
Emile Zola

Beine

Ich zog mich an. Du prüftest meine
   Beine.
Es roch nach längst getrunkenem
   Kaffee.
Ich ging zur Tür. Mein Dienst begann
   um neune. *Mascha Kaléko*

Zwei Beine, die einander sehr gleichen
und beide bis zu dem Boden reichen:
Du hast schöne Beine.
Robert Gernhardt

Beischlaf

Celestine tat nur so, als ob sie schliefe. In Wahrheit hatte sie darüber nachgedacht, wie sich die Wahl ihrer beiden Universitäten auf ihre Erfahrung mit Männern ausgewirkt hatte. Glenn Larson zählte im Grunde nicht. Dazu war er ihr zu gleichgültig gewesen. Als sie in Branner beschloß, daß es an der Zeit war, ihre Unschuld zu verlieren, hatte sie diese Episode eher wie ein wissenschaftliches Experiment als wie ein romantisches Intermezzo behandelt. Lufkin war etwas anderes gewesen: mehr eine Art Mentor. Und nun Stafford. Celestine konnte nicht umhin, die beiden miteinander zu vergleichen. Nicht, daß sie kein Vergnügen daran gehabt hätte, wenn Jerrys Hand ihren Schenkel hinaufglitt, dessen Haut so glatt war wie die Schale eines Eis. Jerry hat ganz einfach noch nicht den raffinierten Touch eines Graham Lufkin heraus. Aber schließlich war Lufkin ordentlicher Professor der Biologie mit jahrelanger Erfahrung, während Jeremiah Stafford – eben Doktor – gerade erst seine baptistischen Hemmungen abzulegen begann. Sie war jedoch überzeugt, daß sich Stafford noch machen würde. Dies war erst die zweite Nacht, die sie miteinander verbracht hatten, und heute morgen hatte er wirklich versucht, sich Zeit zu lassen. In einem Punkt war sie sich allerdings nicht sicher, nämlich ob sie imstande war, seine Aversion zu überwinden, auch nur *ein* Wort von sich zu geben, während sie sich liebten. Seine strenge baptistische Erziehung saß noch zu tief. Selbst beim ausgedehnten Vorspiel benutzte er nur ein einziges baptistisches Wort, um männliche und weibliche Genitalien oder den Koitus selbst zu bezeichnen. Dieses Wort war »es«. Celestine dagegen hatte sich, unter Graham Lufkins Anleitung, zu einer wahren Wortkünstlerin im Bett entwickelt. Sie sagte Stafford mit präziser Eindringlichkeit, was er als nächstes mit ihr anstellen sollte; sie verkündete in lasziven Einzelheiten, was sie mit ihm zu machen gedachte; sie stieß wollüstige Schreie aus und lachte am Ende über sein stummes Nicken, seine Antwort auf ihre Frage: »Na, war das nicht ein guter Fick?« *Carl Djerassi*

Beißen

Sie führt Franzen durch die Stube, Herbert ist weg, nu ja, soll er weg sein. Eva macht die Tür zu: »Dann kannste mir doch n Kuß schenken.« Dann schlingt sie sich um ihn, sie ist im Moment in einem wilden Brand.

»Mädel, Mädel«, keucht Franz, »du bist wohl verrückt, was willste denn von mir?« Aber sie ist außer sich, er kann auch nichts machen gegen sie, staunt, stößt sie weg. Dann schaltet sich in ihm etwas um! Er weiß nicht, was los ist mit Eva, es ist eine einzige Wut und Wildheit in ihnen beiden. Mit Bissen in den Armen und an den Hälsen liegen sie nachher nebeneinander, sie mit dem Rücken quer über seine Brust.

Alfred Döblin

Beschneidung

Sie kamen mitten in der Nacht. Meine Mutter hielt mir die Arme fest. Meine Tanten zogen meine Beine auseinander und hielten sie mit eisernen Klauen. Die Hebamme schob mir das Nachthemd bis zum Bauch hoch. Sie kramte in einer kleinen Tasche und holte ein Messer heraus oder eine Rasierklinge, ich weiß nicht genau. Mit der anderen Hand zog sie mir die Schamlippen auseinander. ›Seht ihr den Knopf, wie groß er ist. Allah sei Dank, daß ich sie vor einem Leben in Schande und eure Familie vor Schmach bewahren kann.‹ Sie hielt den Knopf zwischen Daumen und Klinge und schnitt ihn ab. Blut spritzte hervor, und ich schrie. Ich fiel in Ohnmacht. Meine kleine *kous* entzündete sich. Wochenlang konnte ich die Beine nicht schließen. *Harold Nebenzal*

Bett

Ich erinnere mich, daß bei der Mimi ohne Krimi überhaupt nichts lief im Bett. Und dann die ganze Nacht das Licht. *Uli Becker*

Sie liebte es ruppig im Bett und
  verrucht;
In Sachen Sex ließ Queenie nichts
  unversucht. *Joseph Moncure March*

Blasen

Dann gab es für sie nur mehr seine Lust, sie beugte sich über ihn, ihr Haar fiel ihr über das Gesicht, ihr Mund war seiner glänzenden Eichel nahe, ihre fliegenden Hände tanzten auf und ab, und jedesmal, wenn der glühende Kopf seines Schwanzes in die Reichweite ihrer Zunge kam, leckte sie ihn, so lange, bis ein Schauder seinen Körper durchlief und er sich aufbäumte, um von ihren Händen und ihrem Mund ganz verschlungen und ausgelöscht zu werden. Der Samen kam wie kleine Wellen, die sich am Meeresufer brachen, eine die andere überrollend, kleine Wellen salzigen Schaumes, die den Strand ihrer Hand benetzten. Dann umschloß sie das entleerte Pendel mit ihrem Mund, um voller Zärtlichkeit das unschätzbare Elixier der Liebe zu kosten. *Anaïs Nin*

Blondinen

Heißblütiger als Brünette.
Gustave Flaubert

 Brünette

Bohème

Die Dichterin Colette,
die lag bis eens im Bette.
Da war se schwer am Machen
mit ihre zwee Apachen.
Nach vierzehn Stundn lie'm

hat se'n Roman geschrie'm.
Dann trank sie Cafe Crèm.
Ja, det war die Bohèm!

Hans Traxler

Bohren

Ich ging zu Bett und träumte von Leslie Beck. Nicht mehr die Träume der Unschuld, die es einst gewesen waren, sondern jene der Erfahrung: vom Durchbohren, Zweiteilen und Festnageln des Körpers, genau in seinem Zentrum, dort wo die Beine in den Rumpf übergehen. Anfangs war alles rostig und quietschig wie ein Ölbohrer, der so lange außer Gebrauch gewesen ist, daß er sich festgefressen hat, doch nach und nach wurde das Eintauchen und Aufsaugen müheloser, rascher und behender, so als erfüllte die Maschine endlich den ihr bestimmten Zweck. *Fay Weldon*

Bordell

Als ich jung war, bin ich dermaßen eitel gewesen, daß ich in dem Bordell, das ich mit meinen Freunden besuchte, immer die Häßlichste wählte und darauf bestand, sie vor aller Augen zu vögeln, ohne von meiner Zigarre zu lassen. Es bereitete mir nicht das geringste Vergnügen, es war reine Spiegelfechterei. *Gustave Flaubert*

Brünette

Heißblütiger als Blondinen.
Gustave Flaubert

 Blondinen

Brust

Abends Verbandssitzung bei Trinckler, wo die sechzehnjährige Tochter mit ihrem mondwebenfeinen Haar eine gesammelte Weile hinter meinem Sessel stand. Ich drehte mich um, ihren Blick unauffällig von meiner Tonsur abzulenken. Streifte beim Zuprosten leicht ihre Brust, etwa so: es muß ja nicht unbedingt ich, es kann auch der Schnaps gewesen sein. *Peter Rühmkorf*

Zwei Brüste, jede mit Händen zu greifen,
Pfirsichen gleich, die im Halbschatten reifen:
Du hast schöne Brüste.
Robert Gernhardt

Brustbeerensaft

Woraus der wohl gemacht wird?
Gustave Flaubert

Brustwarzen

Aber wieder ein paar Nächte später wachte ich auf. Ich hatte tief geschlafen und erwachte unter seinen Berührungen. Er lag dicht neben mir, hatte meine Brust entblößt und spielte mit den Warzen. Er spielte so leise, so zart, daß sie beide hoch und steif emporstanden. Ich stellte mich schlafend, und eine ungeheure Neugierde erfüllte mich, was er mit mir anfangen werde. Jetzt ahnte ich ja, worauf er hinauswollte. Doch ich schämte mich zu sehr und war außerdem nicht ganz sicher, ob das nicht eine neue Prüfung sei. Ich lag ganz still.

Da faßte er meine linke Brust und begann meine Himbeere zu küssen und zu lecken.

Unwillkürlich fuhr ein Zucken durch meinen Körper. Aber ich atmete tief und tat so, als ob ich fest schliefe. Er leckte wieder, sog daran, preßte meine beiden Duteln, und wenn mich das Zucken schüttelte, hörte er auf. Da glaubte ich, er wolle sehen, ob ich wach sei, und stellte mich erst recht, als ob ich schliefe. Auf einmal hob er die Decke und streifte mir das Hemd in die Höhe. Mein Herz begann vor Angst und Geilheit laut zu pochen, denn noch immer glaubte ich an eine Art von Prüfung. Es war eine unbestimmte, dumpfe Vorstellung, die mich neben meiner sinnlichen Erregung beherrschte.

Behutsam, leise, schob er, im Bett neben mir sitzend, meine Füße auseinander. Ich ließ es willenlos geschehen. Als er mir aber mit der Hand über die Spalte strich, mußte ich damit zucken, und rasch hörte er wieder auf. Ich imitierte, wie von nichts zu wissen, ein leises Schnarchen. *Josefine Mutzenbacher*

Bumsen

Ich dachte, das hätte ich Gillian gegenüber ganz gut ausgedrückt. Wie kann man seine Ferien genießen, wenn man weiß, daß die Besitzer schon darauf warten, wieder einzuziehen? Und gegen die Uhr bumsen ist nicht mein Stil; auch wenn es unter *gewissen* Umständen auf raffinierte Weise süchtig machen kann. *Julian Barnes*

Busen

Man sagt, alle guten Weiber haben einen dicken Hintern. Ach, ich liebe vollbusige Weiber, ich mag es, wie sie riechen – mit diesen Worten wurde er größer und größer, und als er die Zim-

merdecke erreicht hatte, zerfiel er in tausend kleine Kügelchen.
Daniil Charms

Wer reitet so spät auf Mutters Bauch
Das ist der Vater mit seinem Schlauch
Er hält sich an den Titten fest
Daß es sich besser ficken läßt
Volksmund

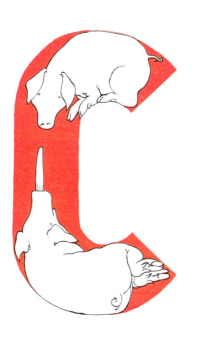

Casanova

Müde bin ich, gebe Ruh,
mache meine Hose zu.
Zehnmal hab ichs heut getan.
Gott, sieht man mir das etwa an?
Hans Traxler

Clitoris

Ich hatte in einem ethnologischen Bericht gelesen, daß im Sudan achtzig Prozent der beschnittenen Frauen noch nie einen Orgasmus erlebt hätten. Ich frage mich, wie der Ethnologe in diesen heißen, unwegsamen Gebieten eine derartige Umfrage wahrheitsgetreu erarbeiten konnte, ohne von den Männern der betroffenen Frauen unterwegs erlegt zu werden.

Benvenuto della Stella

Coitus

Wie soll ich ganz nach meinem Herzen jene Auswüchse oder Einwüchse benennen, in denen das Begehren sich ausdrückt, sich auflöst und wiederersteht? Wie soll man anrühren, indem man »Coitus« sagt? Co-ire, gewiß, zusammen-gehen und, in meiner Sprache, zusammen-passen. Was wird jedoch aus der Lust zweier Körper, die zusammengehen, weil sie zusammenpassen? Und »Penetration«? Klingt ungemein juristisch. »Ist es zur Penetration gekommen, Fräulein X?«

»Unzucht treiben« gehört in den Dunstkreis von Beichtstuhl und Sünde. Und »Kopulation« klingt nach Mühsal, »Begattung« klingt tierisch, »schlafen mit« ist langweilig und »vögeln« hört sich nach Schnellverfahren an.

Benoîte Groult

Cunnilingus

Adieu, nimm hier all meine Küsse, die Küsse, die ich Dich gelehrt habe, sagtest Du, die Küsse, mit denen ich am liebsten immerzu all Deine Glieder bedecken würde. Ich stelle mir vor, Du bist da und vergehst unter ihrem feuchten Druck. Adieu, auf Deine Lippen, mein Schatz.

Gustave Flaubert

Das letzte Wort über den Cunnilingus ist noch nicht gesprochen: es wird Zeit. Er sollte im wesentlichen als philanthropische Handlung gesehen werden, als eine unter denen, die noch die wenigste Undankbarkeit hervorrufen.
Guido Ceronetti

Cuntessenz

Die bürschtet mehr denn alle Nicht-Jungfrauen von Frankreich & Navarra zusamm'm: eh'se ins Hallenbad geht, ruft se vorher jedesmal an, ob auch bestimmt der FußballVerein käme?! Einmal soll man auf ihrer linken Brust 10 verschied'ne Daumenabdrücke zu gleicher Zeit festgestellt habm: Der iss kein Haar zu rauh; Die kennt jedn

Jungn am Hustn : se soll ooch 'n ›Reitbuch‹ führen, mit Daum'mRegister.‹ / Sst : dreht um; und kommt noch ma vorbei : ›Wie se einhertritt; so ehrbar, als wollt se Steine uff'm Bürgersteig zähl'n.‹ : ›Und wie das Bleichsal rüberschielt : die Cuntessenz aller Geilheit. ('n Citron'nGesicht, und ne Seele wie Kochkäse – ich begreif's nich, wie alle Männer nackt mir Der in de Sauna gehen mögn !‹ : ›Also *ich* kann se jednfalls anseh'n, ohne 'n Verstand zu verlier'n ! – (Komm; Wir hebm die Nase der Verachtung !‹) *Arno Schmidt*

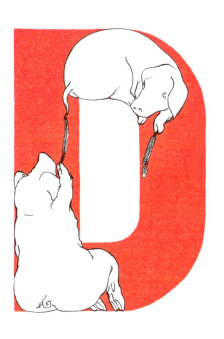

Dirne

Vor dem Abendessen begegne ich der Lagier – Sainte-Beuve hat es mir aufgehalst, sie zum Essen einzuladen. Sie ist ohne Theaterengagement, in der düsteren Stimmung einer Dirne, die kein Geschäft macht und das Gefühl hat, allmählich zu abgehangen für die Liebe zu sein; verschlampt, im weißen Morgenrock, sagt sie zu mir: »Ich hätte Lust nach Turin zu gehen,... ich könnte es vielleicht dem König machen!«

Edmond und Jules de Goncourt

Duft

Ich erinnere mich an Finger, die nach Knete riechen. Und nach Reckstange. Und nach Mädchen. *Uli Becker*

Duteln

Spielte ein wenig mit Mrs. Penington, die wir im Unterrock am Kamin sitzend vorfanden; sie ließ sich ohne weiteres meine Hand an den Busen legen und ließ sie lange dort ruhen, was mir merkwürdig vorkam. *Samuel Pepys*

 Möpse

Ehe

Wollte zu Hause mit meiner Frau vergnügt sein, ärgerte mich aber sehr, weil sie mich mit Absicht und aus reiner Bosheit einen Brief über die Eifersucht von Sir Philip Sidney lesen ließ. In Wahrheit sagte mir die Stimme des Gewissens, daß alles auf mich paßte. Ich verriet aber nichts davon, sondern las frank und frei, aber es schlug mir doch ziemlich auf den Magen.

Samuel Pepys

Unsere Ehe verschlechterte sich von Tag zu Tag. Brian hörte auf, mit mir zu schlafen. Ich bettelte und flehte und fragte ihn immer wieder, was ihm denn an mir nicht mehr gefiele. Ich begann mich selbst zu hassen: ich kam mir häßlich, ungeliebt und übelriechend vor – die klassischen Symptome einer Frau, die nicht gevögelt wird. Ich begann vom Spontanfick zu phantasieren, mit Portiers, Pennern, Fixern aus der Westend-Bar, mit Studenten, sogar (Gott soll schützen!) mit Professoren. Wenn ich im ›Proseminar über englische Literatur des 18. Jahrhunderts‹ hockte und irgendeinem gräßlichen Kommilitonen zuhörte, der sich über Nahum Tates Bearbeitungen von Shakespeare-Stücken auslaberte, stellte ich mir vor, wie ich jedes männliche mit-Glied (ha!) der Klasse abblies. *Erica Jong*

Eichel

- Nille
- Piephahn
- Schwanz

Eier

In Bennett verliebte ich mich zum Teil deswegen, weil er die appetitlichsten Eier hat, die ich je im Mund hatte. Unbehaart und er schwitzt so gut wie nie. Sie könnten (wenn Sie das wollten) aus seinem Arschloch essen (wie vom Fußboden meiner Großmutter).

Erica Jong

Eifersucht

Immer rasend. – Zusammengewachsene Augenbrauen sind ein Zeichen von Eifersucht. – Fürchterliche Leidenschaft. Sucht mit Eifer, was Leiden schafft. *Gustave Flaubert*

Einseifen

Ausgezogen und im parfümierten Dampf der Dusche wirkte sie sehr rosa und picklig und übergewichtig. Er seifte sie überall ein und merkte, wie ihre Brustwarzen unter seinen schlüpfrigen Fingern zum Leben erwachten. Sie stöhnte vor ungeheuchelter Lust, als er ihre kaum behaarte Möse einseifte. Sie zappelte auf seinem Zeige-

finger wie ein Fisch an der Angel.
Dann lehnte er sie über den Rand der
Badewanne und fickte sie mit der Seife
in den Hintern. Sie kreischte, als er die
Seife in sie hineinrammte. Zimmermann hatte so etwas noch nie getan.
Er war ungeheuer erregt. Wie im
Rausch. *David Lodge*

Ejakulieren

Auch ist dies recht wichtig, auf
   welcherlei Arten man übet
Kosenden Liebesgenuß. Die meisten
   vermeinen, die Frauen
Könnten bequem empfangen nach
   Art vierfüßiger Tiere,
Weil der Samen dann leichter die
   inneren Stellen erreiche,

Wenn sie die Brust auflegen und
 höher die Schenkel erheben.
Ferner nützen der Frau die geilen
 Bewegungen gar nichts,
Denn sie hindert nur so die Empfäng-
 nis und wirkt ihr entgegen,
Wenn sie mit Wiegen der Hüften die
 Liebe des Gatten erwidert.
Und den gelenkigen Rumpf in
 wogenden Windungen wirbelt;
Wirft sie doch so aus der Bahn und
 der richtigen Furche die Pflugschar
Und lenkt ab von dem Ziele die
 Richtung des männlichen Samens.
Solche Bewegungen üben die Dirnen
 zum eigenen Vorteil,
Um nicht zu oft zu empfangen und
 schwanger darnieder zu liegen,
Und zugleich, um den Männern die
 Liebe bequemer zu machen,

Was doch wohl überflüssig für unsere
   Gattinnen sein wird.
   Carus Lucretius

Elternhaus

— Kind, möchste heut bei Babba
   schlafen, hä?
— Nee, ich möcht bei Muddi schlafen,
   dou!
— De Muddi is seit sieben Jahren
   dout!
— De Muddi dout? Des wüßt ich aber!
— De Muddi is dout. Komm zu
   Babba!
— Nee, de Babba kratzt!
— De Babba kratzt?
— De Babba kratzt!
— De Muddi dout, de Babba kratzt,

nu komm schon Kind, ziehs
Höschen aus!
– De Muddi dout, de Babba kratzt,
nee, was is des fürn Elternhaus!

Max Goldt

Entjungferung

Da nahm er meine Hand und führte sie an seine warmen Schenkel, drückte sie da hinein, bis etwas, das sich da allmählich erhob, mir den stolzen Unterschied seines Geschlechts von dem meinigen fühlen ließ. Ich erschrak über diese mir ganz neue Sache und zog meine Hand zurück; ich konnte mich aber, von diesen mir ganz neuen Empfindungen getrieben, nicht enthalten, zu fragen, was das Ding da wäre? »Ich will dir's zeigen, wenn du erlaubst«, sagte er und hob sich, ohne meine Antwort abzuwarten, die er mit gern empfangenen Küssen unmöglich machte, über mich und öffnete sich einen Weg, indem er einen seiner Schenkel zwischen die meinen schob. Ich war ganz unter dem Bann der fremden, neuen Gefühle, zwischen Furcht und Lust und Neugier, bis ich einen durchbohrenden Schmerz fühlte, der mir einen Schrei entrang. Mein Kamerad saß aber zu fest in seinem Sattel, als daß ich ihn hätte abwerfen können, und all mein Sträuben und Wehren förderte nur sein Beginnen, bis ein mächtiger Stoß meine Jungfernschaft und beinahe – ich widerstand nicht – mich selbst umbrachte; ich lag da, eine blutende Zeugin der Notwendigkeit, unter der unser

Geschlecht steht, den ersten Honig von
Dornen zu sammeln. *John Cleland*

Erektion

»Erektion fortsetzen! Alle Systeme volle Leistung fahren!« Die Arbeiter schinden sich an der Erektionsmaschine. Auf dem Boden des Raums knöcheltiefes Wasser. Der Penis-Kapo stapft auf seine Männer zu: »Auf geht's, Jungs! Alle mit anpacken! Wir müssen ihn hochkriegen.« *Woody Allen*

Erogene Zone

Ich bin überzeugt, daß irgend etwas nicht stimmte. Du sahst mir so aus, als täte Dir etwas leid, das *nicht* geschehen war – das sähe Dir sehr ähnlich. Ich habe seitdem versucht, meine Hand zu trösten, aber vergeblich. Adieu jetzt, Liebste. Ich küsse das betörende Grübchen an Deinem Hals, Dein Christlicher Bruder-in-Schwelgerei.

Wenn Du das nächste Mal kommst, laß die Launen zu Haus – und den Schnürleib. *James Joyce*

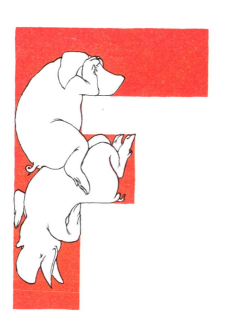

Fellatio

Ein Arzt hat mir heute morgen ein fabelhaftes Detail der Liebschaften des Kaisers erzählt. Das Weibsbild wird in einem Wagen in die Tuilerien gebracht; nachdem man sie in einem ersten Saal entkleidet hat, wird sie nackt in einen anderen geführt, wo der Kaiser sie gleichfalls nackt erwartet; dann erhält sie von Bacchiochi, der sie geleitet, folgende Empfehlung und Erlaubnis: »Sie dürfen den Kaiser überallhin küssen, außer ins Gesicht.«

Edmond und Jules de Goncourt

Fesseln

Im Hotel hat sie mir dann im Lift die Klamotten runtergezerrt. Und dann ging's echt rund. Schlagen, Beißen, Kratzen – ich mußte sie sogar etwas *bremsen*. Das Studio hätte ja eine Badewannen-Szene mit mir drehen können oder sonstwas, und da mußte ich mir ihre Nägel schon aus dem Rücken rupfen. Ich hab sie rausgerupft und Annie auf den Boden geknallt, aber das schien sie bloß noch wilder zu machen, was ich mir eigentlich hätte denken können, also hab ich mir meine Hose gegriffen, den Eidechsenhautgürtel rausgezogen und sicherheitshalber mal ihre Handgelenke gefesselt.

Und von da an mußte ich sie beim Ficken jedesmal an den Handgelenken fesseln. Das schien sie noch schärfer zu machen. Obwohl das eigentlich kaum noch möglich war. Sie war schon jenseits von Gut und Böse. *Julian Barnes*

Ficken

In den sechziger Jahren bekamen das Wort *ficken* und auch der Rest der Geheimsprache des Körpers in der Öffentlichkeit eine neue Bedeutung. *Ficken* stand gleichzeitig für die freie Liebe und gegen den Vietnamkrieg.
Susie Bright

Und um dem Vaterland zu dienen
Ist dich zu ficken ein Leben lang nur
   mein Bestreben
Denn so ist nun mal das Leben.
Boris Vian

»Fuck«, the woman said, »Fuck, shit, fuck...«
»Well, so English must be your first language...«
Kim Newman

Ficki-Ficki

Sally war allem Anschein nach die größte Ficki-Ficki-Artistin im Hause; was Duffy nicht weiter überraschte, nach allem, was er in der vorletzten Nacht im Billardzimmer mitbekommen hatte. Auch Damian mochte Ficki-Ficki, obwohl Mrs. Colin aufgefallen war, daß Damian es häufig vorzog, nachts lang aufzubleiben und über Ficki-Ficki zu reden, statt tatsächlich Ficki-Ficki zu machen. Lucretia schätzt ebenfalls ein gewisses Maß an Ficki-Ficki, aber nicht so viel wie Sally. Taffy hatte Mrs. Colin ein paarmal zum Ficki-Ficki aufgefordert; er war sehr höflich dabei vorgegangen und voller Verständnis gewesen, als sie abgelehnt hatte. *Dan Kavanagh*

Filzläuse

Abschiedsbrief an Leontine, den ich ihr selbst überbringe. Sie hat mich von neuem mit Filzläusen beschenkt. Ich habe ihre Schweinerei gründlich satt.
Frank Wedekind

Flöte

Meine Mutter sagt: »Nun schau dir mal den süßen kleinen Schwengel da drüben an. Schön knackig. Frisch aus dem Ofen.«

Aber was soll's? Niemand hört sie. Ich glaube, sie will nur ihrem Ärger Luft machen. Ich glaube, es geht ihr nur ums Prinzip.

Amanda Filipacchi

Frau

Kotelett von Adam.

Gustave Flaubert

Ich bin nie einer Frau begegnet
Die bewirkt hat, daß ich bedaure, ein Mann zu sein.
Ich bitte sie, dies nicht als ein Kompliment aufzufassen. *Boris Vian*

Freier

Eben ein schmales Essen ausgeben.
Hündische Blicke von seiten des Freiers.
Und obwohl ich das weiß, fühle ich mich in die gleichen Riten eintreten vor Ricky.
Es ist wohl vor allem die Heuchelei, etwas tun zu müssen, was man nicht tun will, was der Freier aber nicht lassen kann, da er von dem Stricher was will.

Ich will heute von Ricky nichts.
Will aber nicht tuckig erscheinen und
lade ihn deshalb zum Tee ein.
Will aber eigentlich Zeitung lesen.
Hubert Fichte

Freude der Frau

Die übertriebenste, die neueste, die grausamste Ausschweifung soll – weit davon entfernt, sie zu erschrecken – die Basis ihrer köstlichsten Beschäftigungen werden. Wenn sie auf die Natur hören will, wird sie sehen, daß sie von ihr mit den heftigsten Neigungen für diese Art von Freude ausgestattet ist, und sie sich daher ihr täglich ohne Furcht hingeben soll. Je mehr sie fickt, desto mehr dient sie der Natur, sie verletzt sie nur durch ihre Keuschheit. *Marquis de Sade*

Freudenhaus

Ball. Hurenkreuzzug. Syphilisquadrille.
Eiert die Hirne ab, die Sackluden!
Mit diesen meinen Zähnen: zerrissen, zerbissen
Hundebregen, Männer-, Groß- und Kleinhirne:
selbst ihre Syntax klappert nach der Scheide.

Gottfried Benn

Füßeln

Er zog Schuhe und Socken aus und stieg behutsam auf Melanies Rücken, wobei er sich mit ausgestreckten Armen im Gleichgewicht hielt, als Fleisch und Knochen unter seinem Gewicht nachgaben. Es war ein schrecklich-schönes Lustgefühl, mit seinen schwieligen Füßen den weichen Mädchenkörper zu kneten. Traubentreten mußte so ähnlich sein. Er hatte eine finstere Freude dran, dieses Mädchen zu beherrschen, das unter ihm lag, während er gleichzeitig um ihren schönen Busen bangte, der – wenn er recht gesehen hatte, ungeschützt von Stützen irgendwelcher Art – den harten Boden berührte. *David Lodge*

Fummeln

Einen alten Charmeur namens Ted,
den fand man entbehrlich im Bett.
Lag sie auf dem Rücken,
konnt' er fummeln und drücken,
doch er bumste die Koje bloß fett.

Stephen Fry

Furche

Sie lag unter ihm, und er drang in sie ein. Sie kreuzte die Beine hinter seinem Rücken und half ihm, den Rhythmus zu finden. Mit einer Hand griff sie über seinen Hintern, fuhr mit dem Finger durch die Furche und drückte zu. Als er kam, schloß sie die Augen. Er machte noch ein bißchen weiter, bis sie aus Höflichkeit leise stöhnte.

Er faßte das Kondom, zog sich zurück und drehte sich auf den Rücken. Sie lag neben ihm, er spürte ihre feuchte Haut an seiner Schulter und registrierte mit halbem Bewußtsein, wie sie sich mit der Hand zwischen die Beine fuhr. Es dauerte nicht lange, bis sie heftig die Luft einsog und sich mit einem Knurren herumwarf.

Karr & Wehner

Furzen

Diese Erzählung wird von einer anderen Liebesgeschichte unterbrochen, einer Episode mit einem jungen, bezaubernden Geschöpf namens Rosa;

er gibt uns eine leidenschaftliche Nacht in einer Mannschaftsstube in Orsay wieder, inmitten von sieben oder acht Kumpanen, die am Morgen der Leidenschaftlichkeit und Poesie ihrer Liebe etwas Abbruch taten, indem jeder von ihnen ausgiebig in seinen Nachttopf pißte, begleitet von einem dicken Furz...

Edmond und Jules de Goncourt

Fut

Ich bohrte ihr den Finger hinein, so gut ich konnte, und fühlte, wie ihre Fut zusammenschnappte. Sie ließ meine Brust los, drückte mir den Kopf, indem sie mich umschlang, fest an ihre Duteln und ruhte nicht eher, bis ich auch ihre kräftigen, spitzen Warzen im Mund hatte. Mich reizte dieses Spiel. Ich sog an ihren frischen Brüsten und bohrte unten mit dem Finger, bis sie ausgetobt hatte und mit langen Atemzügen beruhigt dalag. Dann schliefen wir ein. *Josefine Mutzenbacher*

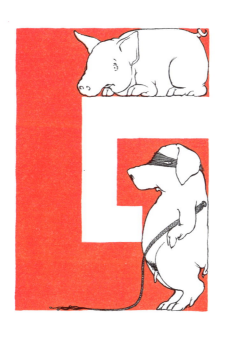

Geilheit

Der Adler ist sowohl
real als auch Symbol;
als letzteres bedeutet er
Gewalt und Geilheit, Macht und Ehr,
Durst, Hoffnung, Staat und Gnade.
Was? Geilheit nicht? Wie schade.
F. W. Bernstein

Geliebte

Es ist gefährlich, seiner Geliebten allzuoft zu sagen, sie sei hübsch. Sie könnte Lust bekommen, es sich anderswo bestätigen zu lassen.
Paul Leautaud

Gemächt

Er warf die Decke zurück, und sofort dachte ich, daß das Zimmer schlecht geheizt sei und ich nicht mehr den Leib eines jungen Mädchens hatte; ich lieferte seiner Neugierde eine Entblößung aus, die weder Kälte noch Wärme fühlte. Sein Mund stachelte meine Brüste auf, kroch über meinen Bauch und hinunter zu meinem Geschlecht. Ich schloß hastig die Augen, ich nahm meine ganze Zuflucht in die Lust, die er mir abzwang: eine ferne Lust, vereinsamt wie eine abgeschnittene Blume. Dort unten bäumte sich die verstümmelte Blume auf und entblätterte sich; er brabbelte für sich allein Worte vor sich hin, die ich nicht zu hören versuchte. – Doch ich, ich langweilte mich. Er kam wieder zu mir her, einen Augenblick lang belebte mich seine Wärme wieder. Gebieterisch gab er mir sein Geschlecht in die Hand; ich streichelte es ohne Begeisterung, und Scriassine sagte vorwurfsvoll:

»Du hast keine echte Liebe für das Geschlecht des Mannes.«

Simone de Beauvoir

Genitalien

Scheu
Im Winkel
Schamzerpört
Verkriecht sich
Das Geschlecht!

August Stramm

Geruch

An jenem Abend braucht sie ihn nicht festzuhalten: Nach der Liebe deutet er mit keiner Geste an, daß er sich von ihr lösen will. Sanft ruht er an ihrem feuchten Schenkel aus, im zärtlichen Geruch ihrer Intimität, und diesmal verzichtet er darauf, schnell die Spuren der Lust wegzuwaschen.

Benoîte Groult

Gerumpel

Der Mann ging, die beiden wuschen ihre Möse, ich verbrachte eine weitere Stunde mit ihnen, in der sie und ich nackt blieben, denn es war ein Tag, an dem nur Nacktheit zu ertragen war, und fickte dann meine Favoritin, nachdem ich meinen Schwanz zuerst in ihre Schwester gesteckt hatte. Die Ältere meinte, sie wisse nichts von dem Spalt in der Tür; vielleicht nicht, aber vielleicht hat durch diesen Spalt schon jemand das Gerumpel gesehen – was macht das schon!

Aus Gesundheitsgründen konnte ich sie nicht so oft ficken, wie ich wollte, doch ich besuchte sie gelegentlich, nur um sie nackt zu sehen und ihr die Möse zu lecken. ›*Walter*‹

Geschlechtsteile

För den einen die Schamteile, für die anderen das Natürlichste der Welt.
Gustave Flaubert

Geständnis

Die Geständnisse leidenschaftlicher Liebe werden nur unter Schülern, die in die Liebe verliebt sind, gut aufgenommen und unter Backfischen, die von Neugier und brachliegender Zärtlichkeit verzehrt werden, die vielleicht auch schon vom Instinkt geleitet sind, der ihnen sagt, hier gehe es um das Hauptanliegen ihres Lebens und sie könnten sich nicht früh genug damit befassen. *Stendhal*

Gesundheit

Charlotte hatte ihrem Arzt gesagt,
Daß ihr das Liebeswerk des Morgens
  sehr behagt,

Allein gesünder sei's, des Abends sich
   zu pflegen.
Nun will sie aber mit Bedacht
Es täglich zweimal tun,
Des Morgens, weil's Vergnügen macht,
Des Abends der Gesundheit wegen.
                    Friedrich von Logau

Gipfel

Ich entsinne mich gewisser Augenblicke, nennen wir sie Eisberge im Paradies, in denen ich, nachdem ich mich an ihr sattgeliebt hatte – nach phantastischen, wahnwitzigen Strapazen, die mich erschlafft und mit himmelblauen Streifen über dem Körper zurückließen –, sie mit einem stummen Stöhnen endlich doch noch menschlicher Zärtlichkeit in die Arme nahm (ihre Haut schimmernd im Neonlicht, das vom gepflasterten Motelhof durch die Jalousiespalten hereindrang, ihre rußschwarzen Wimpern verfilzt, die ernsten grauen Augen teilnahmsloser denn je – ganz und gar eine kleine Patientin, die nach schwerer Operation noch nicht ganz aus der Narkose erwacht ist) –, und die Zärtlichkeit vertiefte sich zu Scham und Verzweiflung, und ich lullte und wiegte meine leichte, einsame Lolita in meinen Marmorarmen ein, vergrub mein Gesicht schnurrend in ihr warmes Haar, streichelte sie blindlings, bat sie stumm um ihren Segen – und auf dem Gipfel dieser menschlichen, qualvollen, selbstlosen Zärtlichkeit (da meine Seele über ihrer Nacktheit hing und bereit war zu bereuen) schwoll plötzlich, höhnisch, entsetzlich die Begierde von neuem – und Lolita sagte mit zum Himmel erhobenen Augen seufzend »Ogottogott«, und im nächsten Augenblick sank alles, Zärtlichkeit und Bläue, in Trümmer. *Vladimir Nabokov*

Glied

Das Leben dieser verschwiegenen Liebe, die unter dem gemeinsamen Dach kaum jemand anderen empfängt als Barbey d'Aurevilly, drängt mir den Gedanken an das schreckliche Trio der Mageren auf, das diese Frau, dieser junge Mann und der alte Erotiker bilden, und das mich – runzlig, geräuchert und ausgedörrt, wie es ist – an die vertrocknete Rute eines Tambour-Majors gemahnt, wie sie im Museum Dantan ausgestellt sein könnte.

Edmond und Jules de Goncourt

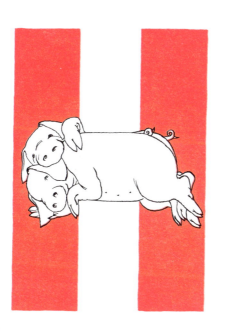

Hammer

Hurtig, mein Hammer!
Ende den Jammer – – –
Eckhard Henscheid

Hand an sich legen

Eines Tages hatte ich mit dem Mädchen herumgetollt, einen Ständer bekommen, spürte wieder, daß mein Schwanz wund war, und wusch ihn nun mit warmem Wasser, als er anschwoll. Ich rieb ihn mit der Hand, was mir ungewohntes Vergnügen bereitete, dann kam rasch ein lustvolles Gefühl über mich, so stark und durchdringend, daß ich es nie vergessen werde. Ich sank auf einen Stuhl, wobei ich den Schwanz nur sanft mit der Hand betastete, und im nächsten Augenblick spritzte der Samen in großen Tropfen fast einen Meter weit heraus, und eine dünnere Flüssigkeit lief über meine Finger. Ohne es zu wollen, hatte ich gewichst.

Erstaunen, vermischt mit Abscheu, kam über mich. Mit größter Neugier untersuchte ich die klebrig-schleimige Flüssigkeit, prüfte ihren Geruch und, wie ich meine, auch ihren Geschmack. Dann kam die Furcht vor meinem Patenonkel, und davor, entdeckt zu werden, dennoch ging ich, nachdem ich den Samen vom Boden aufgewischt hatte, in mein Zimmer hinauf, verschloß die Tür und wichste, bis ich vor Erschöpfung nicht mehr konnte.

Walter

Hausfrau

Hausfrauen wollen Sex mit dir! Non-Stop! *Zeitungsannonce*

Herz

Es dud uns schier das Herz abdrigge,
Seh'n wir die Kinnä zu beim Figge.
Eckhard Henscheid

Hexenmilch

Übrigens birgt das Geheimnis der Mamma noch viele ungelöste Rätsel. Das Milchgeben der Männer, das vielfach beobachtet wurde, läßt Schlaglichter auf die hermaphroditische Natur der von Grund auf bisexuellen Menschenkonstitution fallen. Ebenso unaufgeklärt ist die Laktation ungeschwängerter Jungfrauen. Rätselvoll ist auch die Milchsekretion der Neugeborenen. Nach Herz ist die Bildung der »Hexenmilch« bei männlichen wie weiblichen Neugeborenen eine so konstante Erscheinung, daß man die Berechtigung der Ansicht einiger Autoren, es handle sich hier um einen pathologischen Vorgang, nicht anerkennen kann. *Pierre Forgerat*

Hiebe

Heute widmete sich Suzanne der Erzählung der Prügel, die sie in ihrem Leben von all ihren Liebhabern bezogen hat. Geistreich und fachmännisch erzählte sie von den Fußtritten, die ihr Alexandre Dumas in den Hintern verpaßte, der ihr seine Proletenliebe bezeugte, indem er sie windelweich schlug. Sie erzählte von den Fausthieben, mit denen Sari ihren Kopf bedachte, Hiebe von niederschmetternder Wucht. Schließlich schilderte sie noch sehr hübsch die schwungvollen Schläge mit der Reitpeitsche von Didier, die sie – nach ihren eigenen Worten – zum Hüpfen brachten wie einen Pudel im Zirkus.

Edmond und Jules de Goncourt

Hinterbacken

Plötzlich fiel Georges mit einem Aufschrei, der mir unerwartet, grauenerregend ins Ohr gellte, vor Cicillo auf die Knie und versenkte mit einem Winseln lustvoller Pein seinen Kopf zwischen dessen Schenkel.

Mit langsamer, behäbiger, fast boshafter Bewegung drehte sich der junge Mann um, legte sich mit dem Gesicht aufs Bett, die mageren, muskulösen Hinterbacken darbietend; mit wildem Schreien und Stöhnen küßte und biß ihm Georges die Oberschenkel, während er gleichzeitig sich hastig auszuziehen begann, die Knöpfe aufriß, die Hose herabließ, und alle schreiend und stöhnend sich die Knöpfe aufrissen, die Hosen herabließen, auf die

Knie stürzten, sich küßten, einander in die Hinterbacken bissen und mit kindischem, wildem Gewinsel auf allen vieren durch das Zimmer krochen.
Curzio Malaparte

Hintern

Lassen Sie Ihren Körper sinnliche Erfahrungen machen. Genießen Sie das Wetter, vom strömenden Regen über die Wintersonne bis zum Morgentau. Kaminfeuer, Kerzenlicht, Scheinwerfer, jede Art von Licht. Die Haut anderer Menschen, ihr Gesicht, ihren Hintern, ihre Genitalien, ihr Haar, das Sie um Ihre Finger wickeln. Babyhaut und die federweiche Haut alter Menschen. Weiche Rundungen und scharfe Kan-

ten. Dinge, die in Ihrem Mund oder Ihrer Hand schmelzen. Das alles ist reiner Balsam.
Susie Bright

Hoden

Was diese Frau am Laufen hält
Verändert nicht den Lauf der Welt.
Sie eilt, um ihren Schatz zu feiern:
's ist Herbert mit den dicken Eiern.
Robert Gernhardt

Höhepunkt

Verzweifelt suchte er nach den richtigen Worten, und da er sie nicht fand, küßte er ihr Gesicht, ihren Nacken, erst sanft, dann immer leidenschaftlicher. Sie spürte, wie ihre Unterlippe zwischen seine Zähne gezogen wurde, daß das Laken abgenommen wurde. Er weidete sich an dem weißen Körper, dem lockenden roten Moos. Der Tau fiel, und die Päonie öffnete sich. Sie schlang die Beine um ihn, wölbte schon bald den Rücken. Auch er kam zum *gou chiu*, dem Höhepunkt der Flut, und dann entspannte sie sich in seinen Armen. *Harold Nebenzal*

Hörner

Jede Frau muß ihrem Mann Hörner aufsetzen. *Gustave Flaubert*

Höschen, feuchte

Meine Mutter ist vor ein paar Wochen mit mir zum Arzt gegangen, um mich impfen und untersuchen zu lassen. Ich habe mich ausgezogen und alle meine Sachen auf einen Stuhl gelegt. Der Arzt hat mein Höschen aufgehoben, das bei meinen anderen Sachen auf dem Stuhl lag, und ist damit zu meiner Mami gegangen und hat gesagt: »Ihr Höschen ist klitschnaß. Sie ist soweit.«
Amanda Filipacchi

Hosentür

Er betrachtete mich, wie ich dalag. Dann kommandierte er weiter: »Mach mir das Hosentürl auf.«

Auch das tat ich. Sein Schwanz sprang heraus. Es war eine dünne weiße Nudel, die schief in die Höhe stand.

Jetzt stieg er ins Bett, legte sich auf mich und sagte: »So, und hineinstekken mußt du ihn dir auch selber.«

Ich ergriff seinen Schwanz und führte ihn mir hinein. Von der Annehmlichkeit, die ich unwillkürlich empfand, und von der Angst vor der Polizei endlich befreit, atmete ich auf.

Rudolf stak beinahe bis zum Heft in der Scheide, aber er lag ruhig. »Jetzt muß du sagen, bitte, Herr Rudolf, stoßen Sie...«

»Bitte, Herr Rudolf, stoßen Sie...« das sagte ich gern.

Josefine Mutzenbacher

Hure

Ich weiß, wie Huren und Madonnen
 riechen
nach einem Gang und morgens beim
 Erwachen
und zu Gezeiten ihres Bluts –
Gottfried Benn

Impotenz

Ein Mann beim Sex-Berater wg. Impotenz. Der Arzt beruhigt ihn: Daß das häufig vorkomme. Daß Sex nicht gleich Beischlaf sei. Daß Frauen nicht nur durch den erigierten Penis zu befriedigen seien. Daß Zärtlichkeit viel wichtiger sei etc.

Zum Schluß hat er den Patienten wieder aufgerichtet, und zum Abschied haut er ihm auf die Schulter: Kopf hoch, alter Junge, jetzt ziehen Sie mal die Tante durch, daß die Heide weint, und dann läuft der Laden wieder! *Robert Gernhardt*

Viel gesünder, glaub' ich schier,
Ist für dich ein kranker Mann
Als Liebhaber, der gleich mir
Kaum ein Glied bewegen kann.
Heinrich Heine

Berichte sind zu ihr gedrungen von der Peinlichkeit, unter einem Mann zu liegen, dessen Glied unerwarteterweise wehrlos und kindlich wird, und sie und Marina haben hilfsbereiterweise eingehend Artikel in ›Cosmopolitan‹, ›Playboy‹, ›Mayfair‹, ›Playmate‹, ›Penthouse‹ und ›Forum‹ gelesen, sowie in gewissen anderen Zeitschriften, die sogar noch ausführlicher und farbiger ins Detail gingen und worin die Störung analysiert sowie Behandlungen vorgeschlagen wurden, die Marina pflichtbewußt an ihre Freundin weiterreichte. Diese Tips wurden jedoch nicht gut aufgenommen. *Fay Weldon*

Internat

Als ich im Internat war, mit sechzehn, war ich noch keine drei Wochen dort, und schon hatte ich mit allen Jungen und dem halben Lehrkörper geschlafen! ... Oh, das meine ich natürlich metaphorisch. *Truman Capote*

Inzest

Ein Spiel für die ganze Familie. *Julian Barnes*

Das Kind sprang aus dem Bett, ihr entgegen. Die Arme um ihren Hals geschlungen, suchte es ihre Lippen und streichelte schüchtern ihre Brüste, während beide über ihren Köpfen wie eine Hintergrundmusik Don Rigoberto hörten, der mit falschen Tönen eine Operettenarie trällerte, zu der sich kontrapunktisch der Wasserstrahl des Waschbeckens vernehmen ließ. Und plötzlich spürte Doña Lukrezia etwas Streitbares, Männliches, das sich gegen ihren Körper drängte. Es war ein unbezwingbarer Affekt gewesen, stärker als ihr Instinkt für Gefahr. Sie ließ sich auf das Bett gleiten, während sie gleichzeitig den Kleinen an sich zog, sanft, als fürchtete sie, ihn zu zerbrechen. Sie schlug den Morgenmantel auseinander, schob das Nachthemd hoch, brachte ihn in die richtige Position und führte ihn mit ungeduldiger Hand. Sie hatte gewahrt, wie er sich mühte, keuchte, sie küßte, sich bewegte, ungeschickt und zerbrechlich wie ein kleines Tier, das Laufen lernt. Sie hatte gewahrt, wie er, kurz darauf, mit einem Seufzer fertig wurde.

Mario Vargas Llosa

Ische

Meine Tochter kennt meine Ische
und erpreßt mich geschickt
für einen,
der sie bei Tische
in den Hintern zwickt.

Fritz Graßhoff

Jadepforte

Wie üblich erwachte Toshio Iwanaga um halb sechs. Er zog sich schnell an, ohne die beiden Frauen zu stören, die sich schlafend auf dem großen runden Bett zusammengerollt hatten. Im Morgenlicht war die Ähnlichkeit zwischen ihnen unheimlich, viel größer als vergangene Nacht, da sie beide starkes Make-up getragen hatten.

Die Mutter war eine perfekte Geisha Mitte Vierzig. Iwanaga kannte sie seit Jahren. Die Tochter war eine siebzehn Jahre alte Geisha in der Ausbildung, mit Brustwarzen wie Rosenknospen und seidenweichen Schenkeln. Normalerweise hätte ihre Entjungferung zehn Millionen Yen gekostet, aber Iwanaga war ein geschätzter Gast des Hauses.

Für ihn kostete es nur die Hälfte. Mit viel Sake, Scherzen und kunstvoller Überredung war die Mutter sogar auf seinen Vorschlag eingegangen, dabeizusein und persönlichen Unterricht zu geben.
Peter Tasker

Jungfrau

Immer ›von Orleans‹.
Gustave Flaubert

Jus primae noctis

Nicht dran glauben.
Gustave Flaubert

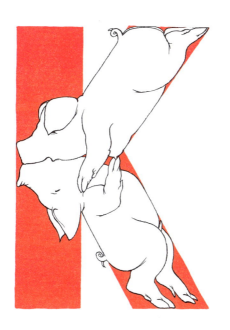

Keuchen

Das Wollen steht
Und keucht und keucht
Und keucht
Vor dir!

August Stramm

Keuschheit

Ich habe ein einfaches Mittel gefunden, ohne die Frauen auszukommen – ich schlafe auf dem Bauch und in der Nacht – ein unfehlbares Mittel.

Gustave Flaubert

Fast alle keuschen Frauen sterben jung oder werden verrückt, gelähmt, geschwächt zur Zeit ihrer Blutungen.

Sie haben daher alle einen bitteren, herrschsüchtigen Charakter.
Marquis de Sade

Kitzeln

Ich gehe ins Café Preinitz, wo ich nichts als Ausschuß finde, nicht ein einziges annehmbares Gesicht. Eine mit einem ausgesprochenen Schafsgesicht in elegantester Toilette sitzt mit gespreizten Beinen da und kitzelt sich die Geschlechtsteile. Um ungenierter zu sein, breitet sie ihr Taschentuch über die Hand. Ihre Nachbarin, die das offenbar unanständig findet, schlägt ihr mit dem Fächer darauf, woraus zu beider Erheiterung eine neckische Unterhaltung resultiert. Die meisten der Mädchen haben die Cognacflasche vor sich stehen.

Frank Wedekind

Kitzler

Ich schob meine Hand weiter hinein oder vielmehr darüberhin, denn obwohl ich meinte, sie stecke in der Möse, war sie nur zwischen den Schamlippen – wie ich heute weiß. Plötzlich sprang sie auf, stieß mich weg, nahm Tom vom Boden auf und stürzte nach oben. Meine Finger waren mehr als feucht. Zwei oder drei Tage lang mied sie meinen Blick und wirkte verschämt, was ich nicht verstand, und erst nach Monaten wurde mir klar, daß sie durch die Bewegung meiner Finger auf ihrer

Klitoris gekommen war. Ohne damals auch nur zu wissen, daß so etwas möglich sei, hatte ich sie gewichst.

Walter

Klöppel

Ihre Brüste schwangen im Wasser hin und her wie zwei große, treibende Wasserlilien. Er küßte sie. Bei der ständigen Bewegung konnte er Maria nicht richtig nehmen, aber sein steifer Klöppel schlug immer wieder gegen die empfindliche Pforte ihres Geschlechts. Maria fühlte, wie ihre Kräfte schwanden. Sie schwamm auf das Ufer zu, er folgte ihr. Sie ließen sich auf den sandigen Strand fallen. Kleine Wellen wuschen über sie, während sie nach

Luft ringend am Meeresufer lagen. Der Junge nahm das Mädchen, die Flut kam und spülte über sie, wusch das jungfräuliche Blut weg. *Anaïs Nin*

Knutschflecken

Als ich eines Tages auf dem Sofa sitze, kommt sie her und setzt sich auf meinen Schoß, schlingt die Arme um meinen Hals und legt den Kopf an meine Schulter.

Verdammte Scheiße, denke ich.

Von da an sitzt sie oft auf meinem Schoß. Manchmal küßt sie mich auf die Wange. Manchmal macht sie mir Knutschflecken auf den Hals und die Backen, was ich nicht spüre, aber wenn ich abends heimkomme und mich im

Spiegel sehe, wird mir klar, was das für rote Flecken auf meinem Hals und meinen Backen sind.
Amanda Filipacchi

Kommen

Die Lust, die meine Partnerin empfindet, hat mich stets mehr interessiert als meine eigene. Ich, der ich in meinen Umgangsformen wahrhaftig nicht zuvorkommend bin, benehme mich hier wie ein echter Weltmann: Sie zuerst, Madame! Ich komme nach.
Paul Leautaud

Kopulation/Koitus

Man vermeide diese Wörter. – Man sage: »Sie hatten eine intime Beziehung…« *Gustave Flaubert*

Kopulieren

Das machen doch alle. Ich meine, *alle*. Priester machen es, die Königliche Familie macht es, selbst Eremiten machen es irgendwie. Warum rennen sie nicht ständig ineinander auf ihrem schlüpfrigen Gang von einem Schlafzimmer zum anderen? Bums, bums – wer da? *Julian Barnes*

Korsett

Man muß die Mode des Korsetts verschwinden lassen, eine scheußliche Angelegenheit von empörender Geilheit und extremer Unbequemlichkeit, in gewissen Momenten. Ich habe manchmal sehr darunter gelitten!

Gustave Flaubert

Kurtisane

Man bezeichne sie als Kreaturen, Hetären, Liebesdienerinnen, Schlampen. – Ein notwendiges Übel. – Es sind immer Mädchen aus dem Volk, die von reichen Bürgern verführt worden sind.

Gustave Flaubert

Kuß

Heiße Küsse bedeckten mein Gesicht, zerrten mich aus dem Tiefschlaf an den Rand des Bewußtseins. Ich stöhnte und rutschte tiefer unter die Decke, in der Hoffnung, in den Brunnen der Träume zurückzusinken. Meiner Bettgenossin war nicht nach Schlaf zumute; sie wühlte unter der Decke und nötigte mir weitere Zärtlichkeiten auf.

Als ich mir ein Kissen über den Kopf zog, wimmerte sie erbärmlich. Jetzt war ich richtig wach, rollte mich herum und schaute sie böse an. »Es ist noch nicht mal halb sechs. Völlig ausgeschlossen, daß du aufstehen willst.«

Sara Paretsky

Küstermann ruckte den Kopf zur Wand, als bedrohten ihn ihre Lippen schon millimeternah. Gefügig reckte er den Hintern hoch, dem Schwamm entgegen, sie fuhr auch in der Furche resolut hin und her, schob das Wachstuch über die Matratze, breitete das Laken darüber, nahm die Küsterhüften zwischen ihre Knie, beugte sich vor und löste ihr Haar, daß es die Köpfe umgab wie ein Zelt. Ihre gemeinen Küsse gingen auf ihn nieder, bis die Aufsässigkeit wich und der Zorn erschien, der Zorn verging, und die Scham erschien, die Scham verging, nur Schmerz blieb. Dann hatte sie Küstermanns Gesicht mit ihren Küssen geleert. Sie berauschte sich an den Verwandlungen seiner Züge, genoß ihre Macht, genoß es, Küstermann

küssend zu unterwerfen. Es war süß,
auf der Seite der Täter zu sein.
Ulla Hahn

Die Braut verdient sich mehr
mit einem Kuß um Gott,
als alle Mietlinge
mit Arbeit bis in Tod.
Angelus Silesius

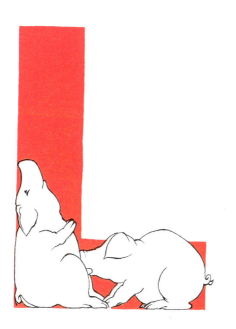

Lecken

Ich wagte nicht, meine Zungenspitze auf Merets Pulsader zu legen, denn ich wollte sie nicht wecken, aber ich stellte es mir vor: Ich wanderte an ihrer Lebenslinie entlang, begnügte mich aber nicht damit, saugte den Geschmack ihrer Hand ein, wanderte weiter zurück, bis in die Armbeuge hinein, sammelte das Salz, alles mit der Zunge, an der weißen Innenseite ihres Arms entlang, dabei hielt ich sie am Handgelenk, alles in meiner Vorstellung, und bediente mich ihres Arms, wie ich es für meine Mahlzeit brauchte, dann legte ich die Innenfläche ihrer Hand auf mein Gesicht und atmete den Geruch der von meiner Zunge erwärmten und genäßten Haut ein. *Ulrike Kolb*

Leidenschaft

Er fand dieses Weib zu Hause – und das war abscheulich. Das war eine braune Schöne, die aus einem anmutigen Gesicht festliche Augen und Wolfszähne herausblitzen ließ. Gebieterisch im Fleisch, gewandt, preßte sie das Mark aus, dörrte sie die Lungen und brach sie die Lenden in einigen stürmischen Küssen.

Joris-Karl Huysmans

Lenden

Eine starke Frau, wer wird sie finden? Sie gürtet mit Kraft ihre Lenden und gewährt deiner Seele Erquickung. Eine Hure bringt einen nur ums Brot, aber eines andern Ehefrau ums kostbare Leben. Kann jemand ein Feuer unterm Gewand tragen, ohne daß die Kleider brennen? *Salomo*

Libertinage

Gibt es nur in Großstädten.
Gustave Flaubert

Libido

Lieb ich Dich?
Ich weiß es nicht.
Gestern abend um halb acht
hab ich es mal kurz gedacht,
aber schon um viertel vor
kam's mir unwahrscheinlich vor.
Dann eine halbe Stunde lang-

anhaltender Liebesdrang,
der drauf der festen Überzeugung
   wich:
Ich lieb Dich nicht. Ach, was weiß
   ich...

Axel Marquardt

Liebe

Laßt uns das klar und sauber
   definieren:
Die einen – lieben.
Die andern – »investieren«.

Mascha Kaléko

Wenn man nur die wahre von der falschen Liebe unterscheiden könnte, so wie man eßbare von giftigen Pilzen unterscheidet! Mit Pilzen ist es so einfach – man salzt sie gut ein, legt sie zur Seite und wartet geduldig. Aber bei der Liebe – sobald man auf etwas gestoßen ist, das auch nur die entfernteste Ähnlichkeit damit aufweist, ist man vollkommen sicher, daß es nicht nur ein echtes Exemplar ist, sondern vielleicht der einzige noch nicht gepflückte echte Pilz. Es braucht eine schreckliche Menge giftiger Pilze, bis man einsieht, daß das Leben nicht ein großer, eßbarer Pilz ist.

Katherine Mansfield

Liebesglut

In deiner Röcke duftig weicher Flut
Will ich, mein Haupt begrabend, still
   versinken

Und will wie Duft aus welken Blumen
  trinken
Den faden Hauch erstorbener
  Liebesglut.

Charles Baudelaire

Liebeskugeln

Ich erinnere mich an diese fernöstlichen Liebeskugeln, die die Hausfrau laut Katalog auch während des Staubwischens drinlassen konnte.

Uli Becker

Liebeskunst

Er aber lernte. Er lernte nicht nur in kurzer Zeit viele Liebesarten und Liebeskünste und nahm die Erfahrungen von vielen Geliebten in sich auf. Er lernte auch, die Frauen in ihrer Mannigfaltigkeit zu sehen, zu fühlen, zu tasten, zu riechen; er bekam ein zartes Ohr für jede Art von Stimme und lernte bei manchen Frauen schon aus deren Klang unfehlbar ihre Art und den Umfang ihrer Liebesfähigkeit erraten; er betrachtete mit immer neuem Entzücken die unendlich verschiedenen Arten, wie ein Kopf auf einem Halse sitzen, eine Stirn sich vom Haarwuchs sondern, eine Kniescheibe sich bewegen konnte. Er lernte im Dunkeln, mit geschlossenen Augen, mit zart prüfenden Fingern eine Art Frauenhaar von der andern unterscheiden, eine Art von Haut und Flaum von der andern. Er begann zu merken, schon früh, daß vielleicht hierin der Sinn seiner Wanderschaft liege, daß er vielleicht deshalb von einer Frau zur andern getrieben wurde, damit er diese Fähigkeit des Kennens und Unterscheidens immer feiner, immer vielfältiger und tiefer erlerne und übe.

Hermann Hesse

Liebesspiel

Das Liebesspiel bekommt seine volle Blume erst in der Reife. Mit zwanzig Jahren kann weder der Mann das Geschlecht einer Frau voll auskosten noch die Frau das eines Mannes.

Paul Leautaud

Liebkosung

In den folgenden Tagen wurde das Leben dann köstlich. In den Armen des Kleinen war Nana wieder fünfzehn Jahre alt. Unter der Liebkosung dieser Kindheit erblühte in ihr bei aller Gewöhnung an den Mann und allem Ekel vor ihm wieder eine Blume der Liebe. Jähes Erröten überkam sie, eine Erregung, die sie erschauern ließ, ein Drang, zu lachen und zu weinen, eine ganz unruhige, von Verlangen durchdrungende Jungfräulichkeit, deren sie sich schämte. Niemals hatte sie das empfunden. Das Land durchtränkte sie mit Zärtlichkeit. *Emile Zola*

Lippen

Sie drückte sie aus, ohne ihn anzusehen, und kam dann mit gesenktem Blick auf ihn zu, schüchtern, schweigend. Er fühlte, wie sein Herz sich zusammenzog und sein Job davonflog. Er küßte ihren heißen, feuchten, nach Zigaretten schmeckenden Mund. Er zog ihr den Mantel aus, und sie hörte auf, nach Zigaretten zu riechen. Er wollte sie mehr als sein Leben. Von ihrem Hals abwärts war jeder Zentimeter bedeckt. Er hatte nie gedacht, daß Cord und Wolle so erotisch sein könnten. Er lag auf dem Bett auf ihr, fühlte ihre feste, cordverpackte Brust in seiner Hand und erhielt von ihrem heißen, süßen Mund die Wiedergutmachung für ein Leben voller verpaßter Chan-

cen. Das Telefon klingelte. Er ignorierte es. Er fühlte die Haut ihres Bauches. Sie war wie heiße Seide.
Mary Breasted

Lüstern

So brennen sie berauscht dem Koitus
　entgegen
mit Brunstgelall.
Sie schiffen ungehemmt.
Der schwere Wein stürzt schenkel-
　abwärts
wie ein Wasserfall
wo er den Boden überschwemmt.
Juvenalis

Lust

Es behagt mir, den Leuten dieses Wort »Lust«, das ihnen so zuwider ist, bis zum Überdruß zu wiederholen.

Montaigne

Jede Lust muß mit einem Schmerz bezahlt werden, was sage ich? mit einem, mit tausend! Ich liege also doch nicht falsch, wenn ich nicht zu sehr danach suche! Glückseligkeit ist ein Vergnügen, das uns ruiniert.

Gustave Flaubert

Mit einundzwanzig habe ich immer gesagt, ich hielte viel von Lustaufschub; ich wurde im allgemeinen mißverstanden. Aufschub hatte ich gesagt, nicht Ablehnung oder Unterdrückung oder Verzicht oder die ganzen anderen Begriffe, mit denen man sich das automatisch übersetzte. Jetzt bin ich mir da nicht mehr so sicher, aber von einer ausgewogenen, feinfühligen, individuellen Einführung in Erfahrungen halte ich doch sehr viel. Das ist nicht präskriptiv; nur vernünftig. *Julian Barnes*

Lustknabe

 Freier

Frau Wirtin hatte einen Schlächter,
der war fürwahr kein Kostverächter.
Wenn ihn dann die Wollust packte,
dann sprang er auf den Ladentisch
und fickte das Gehackte.

Volksmund

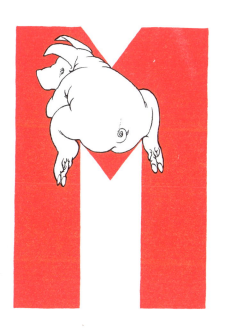

Mädchen

Ich erinnere mich an Vorstellungen von Mädchen mit gar nichts an. Und Nachstellungen. Und Mädchen mit tatsächlich nichts an. *Uli Becker*

Mann

Der Mann! – Einmal muß der Moment ja doch schließlich kommen – trotz der strengsten Mutter und der wachsamsten Tante – der Moment, wo ›der Mann‹ nicht mehr hinwegzuleugnen ist und wo das junge Mädchen anfängt, etwas zu fühlen und zu begreifen, dieses geheimnisvolle Etwas, die Vorempfindung des andern Geschlechts im eignen Blute?

Daß er, ›der Mann‹, existiert, hat man ja auch schon vorher gewußt, aber wie er existiert, wie er beschaffen ist, auf welchen Bedingungen sein Dasein sich aufbaut, weshalb, wozu und inwiefern er eben ›der Mann‹ ist, das wird bekanntlich dem heranwachsenden Weibe so lange wie möglich verborgen gehalten. *Franziska zu Reventlow*

Laß dich gelüsten nach der Männer Kunst,
Weisheit und Ehre.
Friedrich Daniel Ernst Schleiermacher

Es gibt keinen liebenswürdigeren Mann auf der Welt als den Italiener. Man sagt ihm nach, daß er die Amerikanerin allein ihres Geldes wegen heiratet; ich halte das nicht für einen gerechten Vorwurf. Er heiratet die Frau, die ihm liebenswert erscheint. Der Italiener gibt eine Welt für Freundlichkeit und Zuneigung. *Djuna Barnes*

Masturbieren

Ich kann mich nicht erinnern, wann ich damit anfing, doch schon als ich noch sehr jung war, lag ich gern auf dem Bett und träumte, ich sei eine Prinzessin, die gefangengenommen worden war und gefoltert werden sollte, und das erregte mich sehr. Später, als ich reifer wurde und mein Denkvermögen sich mehr entwickelte, stellte ich mir vor, wie ich gefoltert, gepfählt, gepeitscht und gebrandmarkt wurde, und was so alles noch dazu-

gehört, und es endete damit, daß ich heftig masturbierte und einen Orgasmus hatte. Ich masturbierte häufig und tue es immer noch, denn mein Mann ist zwar der netteste Mensch von der Welt, aber ein miserabler Liebhaber.
Amanda

Im Badezimmer las Graham das ganze Magazin noch mal, mit Ausnahme der Lyle gewidmeten Seiten (warum war *sie* denn nicht das Ausklappgirl, verlangte er verärgert: *viel* besser als diese Dingsda in der *Tom-Jones*-Episode, nichts wie bestickte Hemdhosen und *Weichzeichner*, Herrgott noch mal). Lyle dagegen, erschreckend detailliert bloßgelegt am Ende des Magazins ... Nur noch ein paar Seiten mit Leserbriefen und die Massagesalon-Anzeigen, und du darfst sie aufblättern, versprach er sich. Okay, gut jetzt. Seine linke Hand fand Lyle, während seine rechte entschiedener zur Sache ging. Kontrollier noch mal, wie viele Seiten es mit ihr gibt, ja acht, drei Doppelseiten und eine am Anfang und eine am Schluß, beste Doppelseite auf sechs und sieben, okay, fang hinten an, Herrgott ja, sie macht's wirklich, dann zurück zum Anfang, und eins, ja, dann umblättern und mmmmm, dann, ja, *dieses* Bild, und jetzt, umblättern, und Zeit, um alle drei Bilder langsam, liebevoll zu betrachten, bevor *das hier* kommt, *das hier*. Perfekt.

Julian Barnes

Möpse

- Brust
- Busen
- Duteln

Möse

Wieso läßt einen kaum eine Frau nach dem Ficken ihre Möse betrachten, bevor sie sich gewaschen hat? Die meisten, ob nun Hure oder ehrbar, sagen, es sei widerlich. Ist das denn widerlicher, als wenn der Samen hineingespritzt ist, und sie sich umdrehen und einschlafen, während er herausläuft und ihnen über die Schenkel rinnt, oder wenn sie den Mann eine Stunde später in dem noch nicht getrockneten Rest plätschern lassen? *Walter*

Monogamie

Am Hotel angekommen, sagten wir einander auf Wiedersehen. Welche Heuchelei, mit einem Mann aufs Zimmer zu gehen, mit dem man *nicht* ficken möchte, und den, mit dem man möchte, allein und einsam zurückzulassen, und sich dann, im Zustand großer Erregung, von *dem* ficken zu lassen, mit dem man *nicht* ficken möchte, und sich dabei vorzustellen, er sei derjenige, mit dem man möchte. Das nennt man eheliche Treue. Das nennt man Monogamie. Das nennt man das Unbehagen in der Kultur. *Erica Jong*

Mund

Adieu mein Leben, adieu meine Liebe, tausend Küsse überall. Soll Phidias mir schreiben, ich komme. Diesen Winter wird es keine Möglichkeit mehr geben, euch [sie] zu sehen. Aber für mindestens drei Wochen werde ich nach Paris kommen. Adieu, ich küsse Dich, da, wo ich Dich küssen werde, wo ich es wollte. Dahin setze ich meinen Mund, ich werfe mich auf Dich, tausend Küsse. Oh! gib mir, gib mir welche! *Gustave Flaubert*

Muschi

Kaum hatte Nagl die Tür hinter sich geschlossen, als Anna sich vor ihn kniete und seine Hose öffnete. Er knöpfte ihre Bluse auf, holte ihre Brüste heraus, griff zwischen ihre Beine, befingerte ihre Schamlippen und ihren Kitzler und schob sein Glied in sie. Während sie sich liebten, legte er sich auf das Bett und sah zu, wie sein Schwanz in ihr verschand und wieder herauskam. »Mach es langsamer«, flüsterte sie. Sie war außer Atem, und er ließ sie sich umdrehen und steckte seinen Schwanz in ihren Hintern. Er preßte sie an sich. *Gerhard Roth*

Komm wir machen eine kleine Reise
In das nächste Treppenhaus
Und da zieh ich dir ganz leise
Deinen seidnen Schlüpfer aus
Volksmund

Nabel

Kleine Geständnisse, große Gefühle –
Das Bett war ein einziges wüstes
  Gewühle.
Ein hausgemachtes Sündenbabel:
Verrutschte Röcke; entblößt bis zum
  Nabel
Weiße Schenkel, von schwarzen
  Pranken betatscht;
Knie gewinkelt, Knie gegrätscht,
Seidenbestrumpfte Beine gereckt,
Zuckend – und irgendwo wieder
  versteckt.

Joseph Moncure March

Nackt

Unterschätze nie die Macht einer nackten Frau. *Karin Bock*

Ihre Nacktheit war so natürlich, als wäre sie es seit langem gewohnt, am Ufer seiner Träume entlangzulaufen. Es war etwas erregend Akrobatisches in ihren Bettgewohnheiten. Und hinterher pflegte sie herauszuhopsen und im Zimmer auf und ab zu tänzeln, ihre mädchenhaften Hüften schwenkend und an einem trockenen Brötchen kauend, das vom Abendessen übriggeblieben war. *Vladimir Nabokov*

Negerinnen

Heißblütiger als Weiße.
Gustave Flaubert

 Blondinen
 Brünette

Nille

Indem ich auf meinem Rücken den Schweiß aus den Poren drängen spürte, straffte sich mein Glied langsam zu einer Erektion. Ich fühlte mich wie ein Stück Holz, aus dessen Mitte sich in triumphierendem Hochmut ein Spötter erhebt. Alles um mich in Bewegung, ein akustisches Meer tobte um meinen Kopf, und ein Chaos von Bildern waberte vor meinen Augen. Es war ein allgemeines Durcheinanderrasen um einen erstarrten Organismus herum. Der Busen der Moderatorin mit der glitzernden Spinne auf dem schwarzen, asymmetrisch geschnittenen Décolleté tauchte auf, das blasse Gesicht der Bürgerrechtlerin, das aus dem Band fallende Haar Merets, ihre Gestalt von hinten, wie sie schlurfend das Zimmer verließ, ihr lachend geöffneter Mund und die töricht hilflose Figur, die meine eigene war und die ich von außen sah, als gehörte sie einer anderen Person. *Ulrike Kolb*

Nippel

Ließ mich von meiner kleinen Magd kämmen, der ich gestand, daß ich sie sehr schätze und meine mains in su dos choses de son breast tun möchte. Ich mußte es lassen, falls ich nicht alguno major inconvenience erleben will. *Samuel Pepys*

My nipples explode with delight.
Monty Python

 Brustwarzen

Nudel

Ich mußte mich auf ihn legen, aber mit dem Kopf nach unten. So konnte ich seine Nudel mit Wiederbelebungsversuchen bestürmen, indem er seine Lippen und seine Zunge in meine Schamlippen vergrub.

Diese Doppelarbeit war mir noch neu, aber sie erschien mir äußerst rentabel. Während ich mich um seine erschlaffte Stange ohne Erfolg bemühte, schmeichelte er mir es ab, daß es mir alle Augenblick kam, und ich hielt seinen Knebel gerne im Mund, denn es hinderte mich am Schreien und Seufzen, was ich sonst vor Wonne gewiß getan hätte, was ich aber meines Vaters wegen unterließ.

Die Situation tat das ihrige, auch Rudolf in Aufregung zu bringen, und wie ich bemerkte, daß aus seinen Ruinen neues Lebens zu blühen anfing, drehte ich mich um, und da ich schon einmal obenauf lag, fügte ich zusammen, was zusammen gehörte.

Das laute Schnaufen hielten wir alle beide zurück, Rudolf und ich. Aber er remmelte in langen Stößen, und als er spritzte, hob er mich so hoch in die Höhe, daß ich beinahe zum Bett hinausgefallen wäre.

Josefine Mutzenbacher

Nummer, geschobene

Es ist viel Schweigen
zwischen Männern und Frauen.
Viel Fremdheit auch,
wenn sie einander beschauen,
und Kummer.

Es eint viel Freude
die, die sich lieben,
Frauen und Männer. Sie
lächeln und schieben
noch eine Nummer.
Robert Gernhardt

Im Grunde dreht sich die ganze Weltgeschichte ums Ficken.
Til Schweiger

Nutte

Ich ließ Vergewaltigung, Unzucht und Trunksucht gelten. Jeder Satyr konnte ein Stavrogin sein, jeder Sadist ein Lautréamont, jeder Päderast Rimbaud. Voller Verehrung sah ich die rot- und rosahaarigen Prostituierten an, die neben mir auf den Barhockern saßen. Meine Phantasie war so wenig schlüpfrig, daß ich mir keine klare Vorstellung bildete, wenn ich sie sich laut fragen hörte, für wieviel Geld sie bereit wären, einen Freier zu blasen. Ich spielte mit Worten, magischen und dunklen Worten, die mich mit konfusem Entzücken erfüllten. Ich hatte bei den Nutten übrigens keinen Erfolg, sie mißtrauten mir. Ich hätte gerne gewußt, durch welche Initiationserlebnisse sie die herrliche Freiheit erobert hatten, mit der sie sich ihres Körpers freuten, sie waren jenseits der Angst, jenseits des Ekels, nichts war ihnen verboten oder unmöglich. Aber genausowenig, wie ich erwartete, mir jemals einfach mit Geld Kleider wie die ihren zu kaufen, genausowenig hielt ich es für menschenmöglich, wie sie zu werden. Es bedurfte einer Art Auserwähltheit, und ich war nicht auserwählt worden. Ich hatte nur ein ziemlich begrenztes Betätigungsfeld. *Simone de Beauvoir*

Obszön

Die Erwachsenen brauchen obszöne Literatur wie die Kinder Märchen: als eine Entlastung von der drückenden Bürde der Konventionen.

Henry Ellis

Onanieren

Veronanierter Tag ging schon zur Rüste.
O Bahnhofsmensch! Idol des Spermaflecks.
Dein seidnes Hemd safirnen Mondarsch flüstert.
Die Sonne stinkt. Ich bin ein Dichter. Schmeck's.

Robert Neumann

Orgasmus

Und auch sein Orgasmus war anders. Normalerweise war sein Kopf im Kissen vergraben, während er sich keuchend dem Orgasmus entgegenrakkerte, diesmal aber stemmte er sich vom Bett hoch in den Liegestütz und starrte Ann mit einem an Schmerz grenzenden Ernst ins Gesicht. Sein Ausdruck war forschend und anonym zugleich – er hätte ebensogut ein Zollbeamter sein können, dem sie gerade ihren Paß hingehalten hatte.

Julian Barnes

Orgie

Da erschien die Frau mit der Maske vor dem Gesicht und kehrte – nachdem sie gesagt hatte, sie gehe ihren Hut ablegen – splitternackt zurück, nur ein Paar rosafarbene Baumwollstrümpfe hatte sie anbehalten, was ihre bourgeoise Herkunft verrät.

Diese Baumwollstrümpfe, das nervöse Zittern der Frau, der kalte Schweiß ihrer Brüste und vielleicht auch die Gegenwart Maupassants bedingten, daß er die Frau nicht zufriedenstellte; er entzog sich, indem er vorgab, die Darbietung sei zu brüsk gewesen. Daraufhin rief die Frau Maupassant zu: »Zu mir, mein Faun!« warf sich über ihn und lutschte ihm die Rute.

Aber nun kommt das Merkwürdige:

die Kälte, auf die sie bei Bourget gestoßen war, brachte die Frau auf die Idee, mit einem Literaten Orgien zu feiern, der als heißblütiger Vögler gilt, mit Catulle Mendès. Und Maupassant unterbreitete Catulle die Sache, der dem Vorschlag unter der Bedingung zustimmte, daß er seine kleine Freundin mitbringen dürfe.

Sodann veranstalteten die Vier eine schreckliche Orgie, die damit endete, daß die Frau des Akademikers in einem Anfall von Hysterie aus dem Nebenzimmer Maupassants Revolver holte und auf Maupassant und Mendès schoß; so kam es, daß Maupassant sich die Hand verletzte, als er sie entwaffnete. *Edmond und Jules de Goncourt*

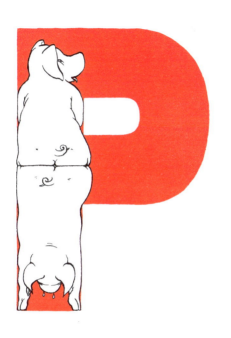

Paarung

Sie saß, und hörte emsig
Die Nachtigalle schlagen,
Die auf dem nächsten Zweige
Mit ihrem Gatten scherzte.
Ich warf mich bei ihr nieder,
Und sah mit nach dem Vogel.
Wie paarten sich die Tierchen!
Schnell lehrt ich meine Doris
An diesen Nachtigallen
Ein glücklich Beispiel nehmen.
Sie nannte mich »Du Loser!«
Ich aber lehrte weiter,
Und schloß mit tausend Küssen
Die glücklich schönen Lehren.

Johann Friedrich Löwen

Päderastie

Krankheit, die in einem bestimmten Alter von allen Männern durchgemacht wird.
Gustave Flaubert

Pariser

Ich erinnere mich, darüber gegrübelt zu haben, warum die Pariser wohl ausgerechnet »London« hießen.
Uli Becker

Pas de deux

Ilrand ist sehl geistiges Rand«, sagte sie, als sie sich auf der durchhängenden Couch des Gartenredakteurs zurücklegte. Sie waren gezwungen gewesen, sich in Penroses Büro zurückzuziehen, wo weder Samantha noch Mai Thing sie überraschen konnte.

Die Couch war so aus den Fugen, daß es das ganze Können einer früheren Primaballerina verlangte, sowohl die Balance zu halten als auch einen Rhythmus zu finden, der diese verbotene Vereinigung zu einer für beide genußvollen machen konnte. Nach Vollendung dieses schwierigen Pas de deux schaute die schöne Won Thing auf die Uhr, nannte Penrose »so rylisch« und verschwand hastig, um wieder ihre Pflichten als Ehefrau aufzunehmen.

Mary Breasted

Peepshow

 Porno

Penetrieren

Warum hat er mich nicht hinter einen Busch geschleppt? Wenn er es getan hätte, was hätte ich getan? Und wenn ich es getan hätte, was hätten wir getan?

Antwort: das, was alle Welt bei einer solchen Gelegenheit tut. Das scheint zwar einfach, aber für mich ist es furchtbar unklar.

Und außerdem wird es mir langsam zu bunt, daß ich die ganze Zeit nur an das denke, mir ständig Fragen stelle.

Wie wär's, wenn ich mich mal gründlich reinkniete?

Doch mit wem?

Mit Barnabé?

Aber er ist ja so zugeknöpft.

Er ist der einzige Mann, den ich kenne.

Papa, das ist verboten. Joel auch. Da wäre noch Padraic Baoghal. Aber pflanzt er sich in seinem Alter noch fort?

Wenn ich's genau überlege, hätte mir Michel Presle gar nicht schlecht gefallen. Apropos, dieser Lump schreibt mir doch nie. Ich übrigens auch nicht.

Mit dem Milchmann ginge es auch.
Raymond Queneau

Penis

Adrian, dem sexuelle Abenteuerlust nicht fremd war, war dem Charme öffentlicher Bedürfnisanstalten als Erotiksalon nie erlegen. Es hatte sich einmal zugetragen, kurz nach seiner Entfernung von der Schule, daß er sich vom Zwicken seiner Därme veranlaßt sah, eine Herrentoilette im Busbahnhof von Gloucester aufzusuchen.

Als er dort saß und seinen Dickdarm sanft ermutigte, hatte er plötzlich gemerkt, wie ihm durch ein unangenehm großes Loch in der Wand, die ihn von der Nachbarkabine trennte, ein Zettel zugeschoben wurde. Er hatte ihn genommen und durchgelesen, ohne sich etwas Arges dabei zu denken. Vielleicht war eine unglückliche behinderte Person in Schwierigkeiten geraten.

»Ich mag junge Schwänze«, stand auf dem Zettel.

Schockiert sah Adrian auf das Loch. Wo der Zettel gewesen war, befand sich jetzt ein menschliches Auge. Weil ihm unter diesen Umständen nichts anderes einfiel oder weil er ein geborener Narr war, hatte Adrian gelächelt. Ein gewinnendes Lächeln, begleitet von einer freundlichen, leicht herablassenden Handbewegung: die Sorte strahlender Ermutigung, die man einem Kleinkind zuteil werden läßt, das einem unfähiges Gekrakel überreicht hat.

Sofort folgte nebenan Fußgeraschel, und eine Gürtelschnalle fiel auf Zement. Nach kurzer Pause zwängte sich ein großer und ziemlich erregter Penis durch das Loch und zuckte drängend.

Ohne sich Zeit für Hygiene und Komfort zu lassen, hatte Adrian seine Hosen hochgezerrt und war voller Panik geflohen. Die nächste halbe Stunde hatte er Gloucester durchwandert auf der Suche nach einem Örtchen, wo er sich abwischen könnte, da er es nicht wagte, einen weiteren öffentlichen Abort aufzusuchen. Bis auf den heutigen Tag vermochte Adrian das Verlockende an Toiletten nicht zu erkennen. Abgesehen von allem anderen der Gestank. Und das Risiko ... aber das Risiko war dabei die Hauptsache, nahm er an.

Stephen Fry

Phallus

Ich lese augenblicklich ein lateinisches Buch, das von großer Schlüpfrigkeit ist. Da gibt es Frauen, die *ihre Erfahrungen machen,* und Sitzungen, wo sich die Geschlechter mischen. Es ist zauberhaft! Ich lache für mich allein, wie eine Versammlung gieriger Vaginas vor einem Regiment von Phallussen. *Gustave Flaubert*

Piephahn

Ich ergriff sie bei der Hand und zog sie herein, während ich mit der anderen Hand die Tür verriegelte. »Nein, bitte, tun Sie das nicht!« bat sie und sah ganz ängstlich aus. »Nur einen Augenblick«, wisperte ich und rieb meinen Piephahn an ihrem Kleid. Ich drückte meine Lippen auf ihren roten Mund. »Bitte, bitte«, bettelte sie und versuchte, sich aus meiner Umarmung zu befreien. »Sie kompromittieren mich.« Ich wußte, daß ich sie gehen lassen mußte. Ich arbeitete rasch und wild drauflos. »Ich lasse Sie gleich gehen«, sagte ich, »nur noch einen Kuß.« Damit drängte ich sie mit dem Rücken gegen die Tür, und ohne mir auch nur die Mühe zu nehmen, ihr Kleid hochzuheben, stieß ich immer und immer wieder zu und schoß eine schwere Ladung auf ihre schwarzseidene Vorderseite ab. *Henry Miller*

Pimmel

»Was habe ich denn getan?« fragte er rhetorisch und ruderte mit den Armen.

»Du lutschst mich aus.«

»Ich denke, das hast du gern.«

»Du mit deinen Hintergedanken! Ich meine es seelisch. Aber bitte, ich kann es auch anders sagen. Mit dir verheiratet zu sein, das ist, als wenn man langsam von einer Pythonschlange vereinnahmt wird. Ich bin weiter nichts als ein halbverdauter Wulst in deinem Ego. Ich will raus, ich will meine Freiheit, ich will wieder ein Mensch sein.«

»Jetzt laß mal das ganze Selbsterfahrungsgequassel außen vor. Was dir sauer aufstößt, ist die Studentin, mit der du mich letzten Sommer erwischt hast, stimmt's?«

»Nein, aber um die Scheidung durchzudrücken, kommt sie mir ganz gut zupaß. Daß du mich bei dem Empfang des Dekans allein gelassen hast und heimgefahren bist, um das Babysittergirl zu bumsen, interessiert den Richter bestimmt.«

»Ich hab dir doch gesagt, daß sie wieder an die Ostküste gegangen ist. Ich weiß nicht mal, wo sie wohnt.«

»Unwichtig. Kapier doch endlich, daß es mir scheißegal ist, wo du deinen dicken, fetten beschnittenen Pimmel läßt. Von mir aus kannst du jeden Abend ein ganzes weibliches Hockeyteam vernaschen. Das haben wir ein für allemal hinter uns.« *David Lodge*

Pimpern

Zwei Araberweiber mit bestialischen Gesichtern haben einem kleinen blonden Franzosen die kurzen Hosen heruntergezogen. Sie pimpern ihn mit roten Gummischwänzen. Der Junge faucht, beißt und tritt um sich; dann bricht er in Tränen aus, als sein Schwanz hochgeht und ejakuliert.
William Burroughs

Pin Up

Ein extra-scharfes Erotik-Magazin und ein aufregendes Memory-Spiel nur für Erwachsene gehört Ihnen, wenn Sie diese Postkarte sofort abschicken!
Anzeige

Pinkeln

Und ich verrate dir noch etwas. Manchmal steht sie nachts auf und geht pinkeln, und es ist dunkel, und sie schläft so halb, und irgendwie – weiß Gott, wie sie das schafft, aber sie tut es –, irgendwie wirft sie das Stück Papier, mit dem sie sich abtupft, neben die Schüssel. Und morgens gehe ich dann rein und finde es auf dem Boden. Und – es ist kein Schlüpferschnüffeln oder so was – ich schaue es mir so an, und ich bin ganz... gerührt. Es sieht aus wie eine von diesen Papierblumen, die miese Komiker im Knopfloch tragen. Es wirkt schön und bunt und dekorativ. Ich könnte es fast in *meinem* Knopfloch tragen. Ich hebe es auf und werfe es in die Schüssel zurück, doch hinterher werd ich immer ganz sentimental. *Julian Barnes*

Poloch

Sobald der ganze Körper Katharinas die Farbe des Purpurs angenommen hatte, ließ sie ihn sich mit Branntwein waschen. Alsdann hockte sie sich über das Gesicht eines der Mädchen, das ihr mit der Zunge im Arschloch spielen mußte, ein zweites schlug ihr einen Zungentriller in der Votze, ein drittes züngelte mit ihr und ein viertes saugte ihr an den Brustwarzen, während sie selbst die Votzen der beiden übrigen ausgriff und die Jünglinge mit ihren Schwänzen die Arschbacken der Mädchen patschten. Ich habe nie eine wollüstigere Gruppierung als diese gesehen, die denn auch Katharinen reichliche Ergießungen verursachte, wobei sie nach ihrer Gewohnheit russische Flüche ausstieß.

Marquis de Sade

Porno

Über Mord nachzudenken, ist anscheinend »gesund«; über Geschlechtsgenuß nachzudenken, ist es nicht. Man setzt offenbar als selbstverständlich voraus, daß niemand einen Mord begehen wird, nur weil er seine Freizeit damit verbringt, zu lesen, wie andere Leute morden; aber es besteht eine schwere Gefahr, daß jemand ungesetzliche Sexualakte begeht, weil er Pornographie liest. Dieser Glaube an die aufreizende Wirkung der Pornographie verrät uns einiges über die Geistesverfassung der Gesetzgeber und der ehrenwerten Leute, die sie unterstützen; für sie ist unerlaubte Geschlechtsbefriedigung offenbar eine Versuchung, die so dicht unter der Fassade der Wohlanständigkeit liegt, daß sie sich sofort Bahn bricht, sobald den Leuten eine Möglichkeit gezeigt wird.

Robert Gover

In einem langen Schlauch von Raum saßen etwa zwei Dutzend Leute vor einer Dreimalzweimeter-Leinwand am einen Ende. Während er darauf wartete, daß seine Augen sich an die Dunkelheit gewöhnten, sah Duffy den Film an. Er wirkte wie eine größere Ausgabe der 10p-Minifilme, die er schon gesehen hatte, nur noch ein wenig schweinischer. Es gab auch einen miserablen Ton. Man sah zwei Mädchen, die offenbar am Strand lagen, ihre Bikinis ausgezogen hatten und sich gegenseitig ganze Hände voll Sonnenmilch auftrugen; das klatschte, wie wenn das Meer gegen eine Hafenmole schlägt. Dann hatte die eine plötzlich aus dem Nichts einen Vibrator in der Hand und schaltete ihn ein. Es hörte sich an, als wollte jemand den Strand absaugen. Sie setzte das Gerät an den Titten der anderen an; die andere lächelte. Dann setzte sie es an der Scham der anderen an, worauf diese sofort die Beine auseinanderriß, als ginge es um eine gynäkologische Untersuchung, den Kopf zurückwarf und zu keuchen anfing.

Um trotz des Vibratorlärms noch hörbar zu sein, mußte sie sehr laut keuchen. Das klang dann, als hätte man einen riesigen Schäferhund an einen Staubsauger angeschirrt, den er am Strand auf und ab zog, wovon er sehr müde wurde. Duffys Schwanz gab ihm zu verstehen, daß das kein besonders guter Film war. *Dan Kavanagh*

Pubertät

Lieber »Im Dilemma«, in Deinem Alter finden bestimmte körperliche Veränderungen statt. Neues Haar wächst, und Du kommst in den Stimmbruch. Das ist völlig normal, und Du brauchst Dich nicht unnötig aufzuregen. Das Photo lege ich wieder bei; ja, er ist schon merkwürdig geformt, aber Menschen gibt es eben in allen Variationen. Ich muß zugeben, Deiner ist der erste, der aussieht wie Esther Rantzen.

Stephen Fry

Pudern

»So?« sagte er und neigte sich dicht zu mir: »Und dafür kennst du mich nicht, daß du mich weggestoßen hast, wie ich dich hab' ein bisserl da angreifen wollen...?« Er berührte leicht meine Brust.

»Ich werd's nimmer tun...« meinte ich.

»Jetzt laßt mich mit die Duteln spielen... was?«

»Ja... Herr Rudolf...«

Er riß mir das Hemd ab und nahm meine Brüste in die Hand und spielte mit den Zeigefingern an den Warzen.

»Das darf ich jetzt machen... was?« spottete er.

»Ja... ja«, sagte ich und ließ es geschehen.

Er rieb sich stehend mit dem Hosenlatz an meiner Fut: »Und das da...« meinte er lauernd, »das dürfte ich jetzt auch... was?«

»Ja, Herr Rudolf.« Ich war willenlos.

»So...?« grinste er, »jetzt möchst dich von mir vögeln lassen...?«

Mir war das die einzige Rettung: »Ja, Herr Rudolf.«

»Und ich mag dich gar nicht vögeln«, rief er lachend, »ich mag nur auf die Polizei gehen.«

Ich weinte laut. Da fuhr er fort:

»Außer du tust mich schön bitten, ich soll dich pudern... ha?«

»Ich bitt' schön, Herr Rudolf.«

»Wart.« Er spielte schneller mit meiner Brust.

»Ich bitte...« wiederholte ich.

»Sag's doch...« rief er und stieß unten gegen mich.

»Ich bitte... Herr Rudolf... pudern Sie mich...« sagte ich gehorsam.

Josefine Mutzenbacher

 Nummer

Puff

Ich war nicht zu Späßen aufgelegt, aber Rigerboos wollte lachen und balzen. Die Mädchen versuchten, die Spröden zu spielen; doch er machte sich über sie lustig, und ich schlug gleiche Töne an. Da beschlossen sie, sich zu fügen, und nachdem wir sie in Naturzustand gebracht hatten, taten wir, sie oft vertauschend, alles mit ihnen, was die Wüstheit einem eingibt, der solche Orte aufsucht, um sich zu unterhalten. Nach drei oder vier Stunden zahlten wir und gingen. Der armen Lucia gab ich heimlich sechs Dukaten. Die Mädchen erhielten jede vier Dukaten; das ist in Holland eine sehr anständige Bezahlung. Wir gingen nach Hause zum Schlafen. *Giacomo Casanova*

Pussi

Sie erklärte, sie sei die Schwester und einundzwanzig, die andere sechsundzwanzig. Ihre Augen und Gesichter wiesen eine Familienähnlichkeit auf. »Sieht deine Pussi ebenso aus wie die deiner Schwester?« – »Weiß ich nicht.« – »Zeig sie mir, zieh dein Leibchen aus.« Ohne ein Wort streifte sie es ab und legte sich aufs Bett, so daß ich den machtvollen, fast allmächtigen Zauber des Weibes sehen konnte, jene rote, zentrale, von Haaren gerahmte Furche, jene duftende, rotlippige Einkerbung des Leibes, jene Öffnung, die den Mann, ob Kaiser oder Bettler, unterjocht. Der Cunnilingus bei ihrer Schwester kam mir in den Sinn, vielleicht wurde sie eben jetzt geleckt. Dasselbe Gelüst packte mich, und ich drückte meine Zunge auf die Möse des Fräuleins, leckte sie rasch, an ihre geleckte Schwester denkend, und wünschte, wir wären alle im gleichen Zimmer und betätigten uns Seite an Seite im Mösenlecken. ›Walter‹

Frau Wirtin hat auch einen Hund,
der sich aufs Lecken gut verstund.
Doch bei der alten Ruppert
– derweil sie über achtzig war –
da hat er nur geschnuppert.
Volksmund

Qual

Ich bin eine moralische und physische Bedrohung für die menschliche Natur.

Das ist es: Ich bin verliebt in Prendaville Jones! Ich, eine Frau von vierzig, erfahre noch einmal den Schmerz der Frühlingszeit, die Qualen der Liebe! Ich schlafe schlecht, ich verschmähe die Nahrung. Die Flammen der Eifersucht schlagen in mir hoch. Ich trachte meiner Tochter nach dem Leben! Meiner eigenen Tochter!

Und nun weiß ich, was ich tun muß.

Ich will keine Jugend. Ich will keine Leidenschaft. *Djuna Barnes*

Quickie

Widerwärtig, widerwärtig,
Erwin ist schon wieder fertig.
Denkt denn diese Machosau
niemals an das Glück der Frau?

»Woran?«
Robert Gernhardt

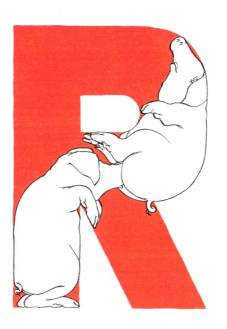

Rammeln

Ich hatte zuviel getrunken. Ich stieg bei ihr auf, ich schob und schob und war immer kurz davor, aber es reichte nicht. Es wurde eine endlos lange, schweißtreibende Rammelei. Das Bett quietschte und ächzte und ratterte und ging fast aus den Fugen. Maria stöhnte. Ich küßte und küßte sie, und sie schnappte nach Luft. »Mein Gott«, sagte sie, »du fickst mich tatsächlich!« Ich wollte es nur noch hinter mich bringen, aber der Wein hatte mir alles taub gemacht. Schließlich wälzte ich mich von ihr herunter.

Charles Bukowski

Ranlassen

Sei und bleibe
mir vom Leibe.
Faß mich ja nicht an!
Weg die Hände,
sonst, am Ende,
laß ich Dich noch ran.

F. W. Bernstein

Raserei

Unentwegt entdeckte er neue Reize an ihr – rührende kleine Dinge, die ihm an jedem anderen Mädchen plump und vulgär erschienen wären. Die kindlichen Linien ihres Körpers, ihre Schamlosigkeit und das langsame Verglimmen ihrer Augen (als würden sie langsam ausgelöscht, wie die Lichter im Theater) versetzten ihn in eine solche Raserei, daß er die letzten Reste jener Schüchternheit verlor, die seine steife und zartfühlende Frau von seinen Umarmungen verlangt hatte.

Vladimir Nabokov

Rasiert

Er hatte erst die unbehaarten Mösen von zwei Mädchen gesehen, und eine davon war, wie er nach eingehender Befragung zugab, die seiner Schwester. »Da, schau her.« Sie entblößte ihre Reize. Die waren recht hübsch und verschafften mir einen Steifen. Er betrachtete sie genauer und genauer, und plötzlich stand sein Schwanz, ohne daß er ihn berührt hätte. Die menschliche Natur und ihre Instinkte würden, so glaube ich, den Schwanz eines jeden pubertierenden Jugendlichen aufgerichtet haben, selbst wenn er noch nie von einer Möse gehört oder eine gesehen hatte. – Er legte seine Hand auf ihre Möse. »Nein, nicht anfassen. Das hab ich dir nicht versprochen.« – »Oh, laß mich.« – »Laß mich deinen Schwanz anfassen und sie wird«, sagte ich. »Oh, mach, laß mich sie anfassen.« Im nächsten Augenblick fingerte er an ihr herum, während ich gleichzeitig sein ordentlich großes Werkzeug in die Hand nahm, dessen Spitze purpurrot war und glühte. Während er ihre Spalte rieb, brachte ich ihm ein weiteres Glas Wein, aber er war so beschäftigt, daß er es nicht nahm, nicht einmal bemerkte – so fasziniert war er von der roten Ritze, bis sie schließlich aufstand, ihr Leibchen fallen ließ und ihre Reize verbarg.

›*Walter*‹

Reiten

Wir küssen uns manchmal stundenlang. Sie wartet, bis wir beide ganz betrunken sind von lauter Küssen. Dann müssen alle Kleider verschwinden. Wir liegen aneinandergepreßt, rollen übereinander, küssen uns immer noch. Sie setzt sich rittlings auf mich, als sei ich ein Pferd, und bewegt sich auf mir, reibt sich an mir. Sie läßt mich aber nicht kommen. Bis es tatsächlich nicht mehr zu ertragen ist. *Anaïs Nin*

Remmeln

Und dann remmelten wir wortlos weiter im Takt. Meine Hände brannten, meine Fut brannte, meine Ohren sausten, mein Atem versagte. Eckhardt puderte weiter wie eine Maschine. Mehr als eine Stunde dauerte diese Nummer. Ich rührte mich nicht mehr, und hie und da wagte ich die Frage: »Noch nicht bald fertig?«

»Nein...« keuchte er.

Und weiter remmelte sein Schweif. In mir war alles vorbei. Die letzten Male, da es mir noch gekommen war, hatte ich eher Schmerz als Wonne gefühlt. Es hatte nur flüchtig in mir gezuckt, und wie ein rascher Krampf war es mir in die Zehenspitzen gefahren und hatte mich gestreckt. Dann aber

spürte ich nur den Brand meiner halb
wund geriebenen Haut.
Josefine Mutzenbacher

Rothaarige

- Blondinen
- Brünette
- Weiße
- Negerinnen

Rubbeln

Ich erinnere mich an die Rubbel-und-
riech-Anzeigen für gehobene Herren-
serien in ebensolchen Magazinen. Und
daß die in der Ersten Klasse dauernd

am Rubbeln sein müssen, so wie das da
immer riecht. *Uli Becker*

Rumpeln

Ob ein Mädchen in ihren Lebensumständen es mit vierzehn tut oder aufschiebt, bis sie sechzehn ist, läuft am Ende auf dasselbe hinaus: anstatt zu ficken, wichst sie sich eben zwei Jahre länger. Was ist körperlich und moralisch nun schlimmer – oder besser? Beides ist natürlich und, manchen Vorstellungen zufolge, unanständig – für manche Menschen ist es immer äußerst unanständig, über die Vereinigung der Geschlechter zu reden, zu schreiben oder daran auch nur zu denken, ganz zu schweigen von dem, was wir mit unseren Geschlechtsorganen anfangen können. Doch wir wurden mit Schwanz und Möse und Sperma geschaffen, einzig für diesen Zweck, in der Tat leben wir einzig für diesen Zweck. Alle Männer und Frauen denken ständig daran und reden davon und rumpeln soviel, wie sie können. »Wie unanständig«, sagen da manche Schwindler und Narren. Dieses Gesetz der Natur läßt sie ohne priesterliche, gesetzliche oder standesamtliche Erlaubnis ficken, denn die Vermehrung des Menschengeschlechts geschieht nun einmal durch diesen unanständigen Akt: das Ficken. ›Walter‹

Runterholen

Der Kragenbär, der holt sich munter
einen nach dem andern runter.
Robert Gernhardt

Rute

Nie soll ein Buhler noch ein
   Ehemann
mir nah'n mit steifer Rute!
Zu Hause will ich sitzen
   unberührt
im Gelben Schal, geschminkt und
   schön geputzt.
Will meinen Mann in helle Flammen
   setzen
und nie, so viel an mir, mich ihm
   ergeben.

Und wenn er mit Gewalt mich zwingen will,
verderb ich ihm den Spaß und rühr mich nicht.

Aristophanes

Sack

- Eier
- Hoden

Sadismus

In dieser Nacht schlief Maria auf der kleinen Ledercouch nebenan. »Damit hast du mich in den Arsch gefickt«, sagte sie und schnitt Küstermann den Zeige- und Mittelfinger ab überm zweiten Glied, band ein Stück Wäscheleine um den Stumpf und steckte den Stummel in den Mund. »Damit du mich nicht mehr packen kannst«, schrie sie und hieb ihm die Arme ab. »Damit du mich nicht mehr fangen kannst«, da waren die Beine weg. Dann der

Schwanz. »Damit du mich nicht mehr fressen kannst.« Das war dann der Kopf. Er stand mit einem halben Hals und sauberer Schnittkante auf einem chinesischen Teller und schaute sie unverwandt an. *Ulla Hahn*

Samenerguß

- Abspritzen
- Masturbieren

Scham

- Venushügel

Schamlosigkeit

Die Liebe, die wahre Liebe, die vollständige und einzige, die zählt: das ist die schamlos genossene.

Paul Leautaud

Scheide

Als Sachsens Marschall einst die stolze Pompadour
Im goldnen Phaeton vergnügt spazierenfuhr,
Sah Frelon dieses Paar – oh, rief er, seht sie beide!
Des Königs Schwert – und seine Scheide!

Thomas Mann

Scheißen

Die erste

Diese feinen Risse im All!
Seht ihr sie nicht?
Jede Sekunde
Scheint der Kosmos zu bersten.

Die zweite

Dieser scharfe Gestank in der Luft!
Riecht ihr ihn nicht?
Jede Minute
Scheint die Welt zu entflammen.

Die dritte

Dies Rauschen in der Wand!
Hört ihr es nicht?
Alle Halbestunde
Scheint mein Nachbar zu scheißen.
Axel Marquardt

Schenkel

Die Sonne wütete in ihrem Haar
und leckte ihr die hellen Schenkel
   lang
und kniete um die bräunlicheren
   Brüste,
noch unentstellt durch Laster und
   Geburt.

Gottfried Benn

Schlafen

Finde um Mitternacht Rachel im Café d'Harcourt. Sie ist etwas angeheitert, sehr erregt und willens, um jeden Preis mit mir zu schlafen. Nach längeren Einwendungen nehme ich sie dann auch mit. Wir trinken viel Schnaps.

Frank Wedekind

Schlappschwanz

Aber vielleicht, dachte Bech, vielleicht würde eine andere Frau, nur noch eine, nur noch ein weiterer Hupfer, ihn sicher in jenen ruhigen, hochgelegenen Hafen der Unsterblichkeit lenken, in dem Proust und Hawthorne und Catull schwimmen, glasäugig und Bauch nach oben. Noch eine letzte verzehrende Liebe würde seinen Genius von der Knechtschaft seines erschlaffenden Fleisches befreien. *John Updike*

Schleckerei

Heute nacht habe ich geträumt, ich sei in einem Vergnügungspark, wie der Coney-Island-Park, den man in den amerikanischen Filmen sieht. Ein sehr liebenswürdiger Herr bot mir einen Kandiszucker an, aber die Schleckerei war so dick, daß ich Mühe hatte, sie in den Mund zu stecken und zu lutschen. Was man doch für dummes Zeug träumt... *Raymond Queneau*

Schlitz

Unmittelbar vor Duffy stand eine samthosige Gestalt über das Kopfende des Tisches gebeugt und visierte die blaue Kugel an. Ihm und Duffy gegenüber saß Sally auf dem Tisch und hatte ihr Steißbein in eine der Taschen am Fußende gedrückt. Ihr Rock war zu einer bloßen Rüsche um die Hüften hochgerutscht; das eine Bein war gegen die Seitenbande, das andere gegen die Endbande gepreßt; so bildeten sie einen Winkel von neunzig Grad. Damit war selbst aus Duffys Entfernung klar erkennbar, daß Sally keinen Schlüpfer trug. Damit wurde auch ziemlich deutlich, wohin Damian die Kugel befördern wollte. Verschiedene frühere Versuche hatten sich an ihren Schenkeln totgelaufen. Sallys Gekicher erinnerte an eine Achterbahn. Sie hatte auch, wie Duffy nicht umhin konnte zu bemerken, ihre Schuhe anbehalten, die sich nun in das Tuch gruben.

Damian ließ die blaue Kugel mit einer roten in der Nähe von Sallys Schenkel karambolieren. Dank dieser Ablenkung sauste sie direkt ins Ziel. »In-off«, rief Damian, da gleichzeitig die weiße Kugel in der Tasche gelandet war.

»Uah, du hättest deine Kugeln vorher wärmen dürfen«, sagte Sally.

Dan Kavanagh

Schniepel

Wenn er Beefsteak aß, konnte ich mich nicht mehr lassen vor Bewunderung über den Schick, mit dem er es aß. Wusch er sich den Schwanz, war ich außer mir vor Begeisterung über die Schönheit seines Gliedes. Schließlich sagte ich ihm, daß er ein Mann sei, der besser vögle, besser furze, überhaupt alles besser mache als irgendein anderer Mensch auf der Welt. Nun setzte er mir aber viele Hörner auf, und da die Frauen, mit denen er es trieb, der Meinung waren, daß er esse, vögle und furze wie alle Welt, kehrte er zu der Frau zurück, der alles an ihm wie ein wahres Wunder vorkam.

Suzanne Lagier

Schwanz

Es gibt kurze Schwänze
Und wieder andere baumeln
　am Knie
Gelb und violett gestreift
Wie der Schatten der Sonne quer
　überm Gitterrost
Und bestimmte Frauen riechen
　　　　　　　　Boris Vian

 Schwengel

Schweinkram

Lieber Vetter Stephen, was ist mit meinem Körper los? Ich bin dreizehneinhalb, und ich merke, wie sich bei mir und meinen Gefühlen anderen gegenüber etwas ändert. Was *bedeutet* das bloß? Gruß, Leicht Verwirrt.

Lieber »Leicht Verwirrt«, nimm sonstwen auf den Arm. Du weißt ganz genau, was mit Dir los ist, und willst bloß, daß ich Dir eine Antwort schreibe, in der das Wort »Genitalien« auftaucht, damit Du so richtig dreckig ablachen kannst. Ich kümmere mich hier um echte Probleme, wenn Du Schweinkram willst, geh zu Marje Proops. *Stephen Fry*

Schwengel

Auch wenn dies etwas rein Animalisches ist, warum geringschätzig davon sprechen, warum es nicht philosophisch hinnehmen? Bei der physischen

Vereinigung von Schwengel und Möse sind unsere Gehirne ebenso am Werke wie unsere Körper, und das beteiligte Paar liebt sich so lange, bis der ekstatische Höhepunkt vorüber ist.
›*Walter*‹

- Eichel
- Nudel
- Pimmel
- Schniepel
- Schwanz

Schwitzbad

Das Schwitzbad ist ein widerlicher Ort. Im Schwitzbad geht der Mensch nackt.

Und kein Mensch kann sich nackt
  bewegen.
Im Schwitzbad hat er keine Zeit,
  darüber nachzudenken,
hier muß er mit dem Bastwisch sich
  den Bauch reiben
und sich die Achselhöhlen seifen.
Überall nackte Fersen
und nasse Haare.
Im Schwitzbad riecht es nach
  Harn.
Birkenruten schlagen auf
  schwammige Haut.
Die Seifenschale –
ein Gegenstand des allgemeinen
  Neids.
Nackte Menschen, die sich treten,
versuchen, den Nachbarn mit der
  Ferse am Kinn zu treffen.

Im Schwitzbad sind die Menschen
  ohne Scham,
und niemand, der versuchte, schön zu
  sein.
Alles wird zur Schau gestellt:
der Hängebauch,
die krummen Beine,
die Menschen laufen gebückt
weil sie denken, es sei anständiger
  so.
Nicht umsonst hielt man früher das
  Schwitzbad
für den Tempel des Bösen.
Ich liebe keine öffentlichen Orte
wo Männer und Frauen getrennt
  werden.
Sogar die Straßenbahn ist angenehmer als das Schwitzbad.
Daniil Charms

Schwul

Ich verstehe nicht, wie Leute schwul sein können – das Normale ist doch schon unangenehm genug.
Frans Hals

Sekte

Da gab's eine Sekte in Isfahan,
die betete Po und Busen an.
Als man dies dem Ajatollah steckte,
war's Feierabend mit der Sekte.
Hans Traxler

Sex

»Sex ist etwas Rätselhaftes«, sagte Pat kurz darauf. »Manchmal glaube ich, das ist gar kein Instinkt... Es ist das, woran man gewöhnt ist oder von dem man glaubt, daß man es begehren sollte. Oder etwas, das man nie gehabt hat, und man fragt sich, wie es wohl sein würde. Es ist so ein gewisses Element des Verbotenen dabei. Das Verborgene... das Verleugnete. Etwas, das man eigentlich nicht haben sollte. Die Reklame deutet es an; sie sagt es aber nie geradeheraus. Sie heizt es an, mit Hinweisen und Worten ohne begreifbare Bedeutung. Wie die Texte von Schlagern.« *Philip K. Dick*

Aber als mehr denn gelegentlicher Zeitvertreib betrieben, ist Sex zu herzversengend und zu kostspielig – wie immer Sie das letzte Adjektiv verstehen wollen. *Truman Capote*

Sex am Nachmittag

Sex am Nachmittag war am besten, dachte Ann. Sex am Morgen hatte sie ausreichend genossen: normalerweise bedeutete er: »Tut mir leid wegen letzter Nacht, dann eben jetzt«; und manchmal bedeutete er »*Das* müßte reichen, damit du mich heute den Tag über nicht vergißt«; aber weder von der einen noch von der anderen Aussage war Ann entzückt. Sex am Abend, das war, tja, der grundlegende Sex. Es war der Sex, dessen Palette reichte von umfassender Glückseligkeit über schläfrig gewährte Zustimmung bis hin zu einem genervten: »Hör zu, *deswegen* sind wir ja schließlich früh ins Bett gegangen, warum fangen wir also nicht endlich damit an.« Sex am Abend war so gut oder so mittelmäßig und mit Sicherheit so unberechenbar, wie Sex es eben sein konnte. Aber Sex am Nachmittag – das war nie nur bloß eine höfliche Art, die Dinge abzurunden; es war heißer, gewollter Sex. Und manchmal flüsterte er einem auf eine eigentümliche Art zu (sogar wenn man verheiratet war): »Das tun wir gerade im Augenblick, und hinterher möchte ich immer noch den Abend mit dir verbringen.« Solche Wohltaten spendete einem der Sex am Nachmittag. *Julian Barnes*

Sexualobjekt

In jeder Frau da steckt
ein Sexualobjekt.
Das muß der Mann erwecken,
sonst bleibt es in ihr stecken.
Robert Gernhardt

Ich finde, die Frauen machen einen großen Fehler, wenn sie unentwegt von sexueller Belästigung labern. Das ist wie mit einseitiger Abrüstung. In einer Männerwelt müssen wir alle Waffen nutzen, die uns zur Verfügung stehen.
David Lodge

Sexuelle Revolution

Ich erinnere mich an die Sexuelle Revolution und die Permanente. Das Lust-, später das Rotationsprinzip. Und Realpolitik, Konsensfähigkeit, Nullwachstum. *Uli Becker*

Sinnlichkeit

Da suchte Törleß kein Wort mehr. Die Sinnlichkeit, die sich nach und nach aus den einzelnen Augenblicken der Verzweiflung in ihn gestohlen hatte, war jetzt zu ihrer vollen Größe erwacht. Sie lag nackt neben ihm und deckte ihm mit ihrem weichen schwarzen Mantel das Haupt zu. Und sie raunte ihm süße Worte der Resignation ins

Ohr und schob mit ihren warmen Fingern alle Fragen und Aufgaben als vergebens weg. Und sie flüsterte: in der Einsamkeit ist alles erlaubt.

Nur in dem Augenblicke, als es ihn fortriß, wachte er sekundenlang auf und klammerte sich verzweifelt an den einen Gedanken: Das bin nicht ich!... nicht ich!... Morgen erst wieder werde ich es sein!... Morgen...
Robert Musil

Slip

Girl ohne Slip – Sex im Lift!
Zeitungsannonce

Sie streckte einen Arm raus, und der Bademantel landete auf dem Boden.

Ihr Slip lag mittendrin, gekringelt wie eine Brezel. Sie drehte die Brause auf, während ich mir in meinem Erdbeersaft eine Erektion leistete. Zweifelsohne spielte da auch die Müdigkeit mit, aber das erklärte nicht alles. Für einen Moment packte mich ein unbändiges Verlangen, auf Teufel komm raus zu bumsen. Ich versuchte, nicht mehr daran zu denken. Doch als sie sich die Haare ausgespült und abgetrocknet hatte und längst wieder draußen war, dachte ich immer noch daran.

Philippe Djian

Spalte

Maria zog ihren Badeanzug an, einen schwarzen, schlichten Einteiler. Sie hatte ihn oft für Küstermann getragen, mitunter auch im Laden oder in der Kirche, an Stelle von Unterwäsche. Er hatte ihr stets nur den elastischen Stoff zwischen den Beinen zur Seite gespannt, daß sich das Fleisch der Spalte wulstig zusammenschob, verzerrte, ihre Öffnung verengte und seine Stöße erregend behinderte. Maria nahm Küstermann das Kaschmirtuch ab. Da lagen sie nun. Er in seiner Jesusbinde, sie in ihrem nutzlosen Badekostüm, genossen Wärme und Licht.

Ulla Hahn

Spanner

Auf der Suche nach seinem Mann sah Duffy sich unter den Spannern um. Er hatte die eine Hälfte durch und bewegte sich auf einen anderen Platz. In solchen Kinos sind Bewegungen nicht gern gesehen. Sie stören die verzückte Vereinigung zwischen dem Mann auf seinem Platz und dem Bild auf der Leinwand; die Spanner werden ihrer Ständer wegen unruhig und verlegen. Manchmal schickt der Geschäftsführer einen Brutalo auf Patrouille, der aufpassen soll, daß die Spanner nicht auf die Sitze abspritzen; andere sind sich darüber im klaren, daß das schlecht fürs Geschäft ist, weil es die Kundschaft stört; bei ihnen gibt es deshalb Plastiksitze, und die Putzfrauen bekommen einen kleinen Zuschlag.

Dan Kavanagh

Sperma

Ich legte meine Hand auf Charlies Schenkel. Keine Reaktion. Ich ließ sie einige Minuten lang dort liegen, bis mir der Schweiß an den Fingerspitzen ausbrach. Seine Augen blieben geschlossen, aber in seinen Jeans schwoll etwas an. Ich begann, mich mutiger zu fühlen. Ich wurde wahnsinnig. Ich stürzte mich auf seinen Gürtel, auf seinen Reißverschluß, auf seinen Schwanz, den ich an die frische Luft zerrte, um mich zu beruhigen. Er gab ein Zeichen! Er zuckte! Mit Hilfe solcher Ströme menschlicher Elektrizität verstanden wir uns.

Ich hatte in der Schule schon oft einen Penis gedrückt. Wir rubbelten und rieben und streichelten uns ständig gegenseitig; das unterbrach die Monotonie des Lernens. Aber ich hatte noch nie einen Mann geküßt.

»Wo bist du, Charlie?«

Ich versuchte, ihn zu küssen. Er drehte den Kopf zur Seite und wich meinen Lippen aus. Aber ich schwöre, als er in meiner Hand kam, da war das einer der unvergeßlichsten Augenblicke in meinem noch relativ jungen Leben. Es tanzte in meinen Straßen. Meine Flaggen flatterten, meine Trompeten schmetterten! *Hanif Kureishi*

Spitz

Spitz wie tausend Russen.
Spitz wie Nachbars Lumpi.

Volksmund

Die Kleine ist so scharf, an der kannst du dich schneiden. *N. N.*

Spontanfick

Der Spontanfick war mehr als ein gewöhnlicher Fick. Er war sozusagen ein platonisches Ideal. Die Reißverschlüsse lösen sich wie fallende Rosenblätter, die Unterwäsche weht davon wie Löwenzahnflocken. Die Zungen verschmelzen in Feuchte. Deine Seele strömt durch deine Zunge in den Mund deines Liebhabers.

Die Voraussetzung für den wahren, optimalen Spontanfick: Man sollte den Partner nicht zu genau kennenlernen.
Erica Jong

Ständer

Mephistopheles zu einem jungen Mädchen:

Was weinst du, artger kleiner Schatz?
Die Tränen sind hier nicht am Platz.
Du wirst in dem Gedräng wohl gar zu
   sehr gestoßen?

Mädchen:

Ach nein! der Herr dort spricht so gar
   kurios,
Von Gold und Schwanz, von Gold und
   Schoß,
Und alles freut sich, wie es scheint!
Doch das verstehn wohl nur die
   Großen?

Mephistopheles:

Nein, liebes Kind, nur nicht geweint!
Denn willst du wissen, was der Teufel
  meint,
So greife nur dem Nachbarn in die
  Hosen.
Johann Wolfgang Goethe

Steifer

Den Prügel eines Esels beobachtet. Ein unheimliches Ding. Aber wozu mag ihm das wohl dienen? Zum Nüsseknakken ganz bestimmt nicht. Bekanntlich tut dieses Tier nichts Besonderes. Jedenfalls ist es bei ihm nicht wie beim Biber, der mit seinem Schwanz Dämme baut. *Raymond Queneau*

Stellung

Möge es den Herren Moralisten nicht mißfallen: Die gewagtesten Stellungen sind ein Genuß nicht nur für die Sinne, sondern sogar für den Geist.
Paul Leautaud

Stoßen

Jetzt kommen wir zur ersten Partnerübung. Wählen Sie sich ein Gegenüber und legen Sie sich dann beide auf den Boden. So ist es richtig: die Dame unten, der Herr oben. Beide schauen sich an. Die Dame spreizt die Beine, der Herr gleitet dazwischen. Bitte achten Sie darauf, daß sich der Herr mit beiden Armen links und rechts neben dem Kopf der Partnerin abstützt. Das machen Sie schon ganz prima. Nun ergreift der Herr seinen Penis mit der Rechten und führt ihn zügig in die Scheide der Dame ein. Jawohl, so ist's richtig. Und nun kommt die rhythmische Bewegungsphase: Der Herr stößt seinen Unterleib nach vorn und zieht ihn wieder zurück: Und vor – und rück – und vor – und rück, prächtig, prächtig. *Axel Marquardt*

Striptease

Philip Swallow hingegen, der sich auf Enttäuschung, Manipulation, Frust und Langeweile eingestellt hatte (denn hieß es nicht immer, kommerzieller Sex sei reizlos und schierer Lug und

Trug?), machte die Erfahrung, daß er sich keineswegs langweilte, sondern entzückt, ja hingerissen bei seinem Gin Tonic (ein Dollar fünfzig, teuer also, aber tatsächlich ohne Zuschlag) drei schönen jungen Frauen zusah, die keine drei Meter von ihm entfernt splitterfasernackt tanzten. Sie waren nicht nur schön, sondern sahen überraschend frisch und intelligent aus, überhaupt nicht schlampig, ordinär oder angeödet, wie er sich das vorgestellt hatte, ja, er hatte fast den Eindruck, als tanzten sie nicht um Geld, sondern um des Vergnügens willen. So als hätten sie, da es ihnen sowieso Spaß machte, zu Popmusikklängen herumzuhopsen und die Hüften zu schwenken, auch anderen Leuten eine harmlose kleine Freude machen wollen, indem sie sich dabei ihrer Sachen entledigten. Sie waren zu dritt; während die eine tanzte, servierte die zweite die Drinks, und die dritte machte Pause. Sie trugen Schlüpfer und kleine Westen, die aussahen wie Kinderhemdchen, und zogen diese Kleidungsstücke züchtig, aber ganz unbefangen vor den Augen der Gäste an und aus, denn in dem engen Raum gab es keine Garderobe. Mit Striptease war diese Darbietung eigentlich nicht richtig bezeichnet, das Element der Lockung fehlte ganz, bei der Ablösung klopften sie sich freundschaftlich auf die Schulter wie Staffelläuferinnen beim Sportfest der Klosterschule. Etwas weniger Schlüpfriges war kaum vorstellbar.

David Lodge

Das total neue Sex-Erlebnis. Strip nach Deinen Wünschen und Anweisungen... der erste Knopf ist offen.
Zeitungsannonce

Strumpfhose

Ich erinnere mich, daß zu meiner Zeit noch nicht alle Mädchen Strumpfhosen anhatten, die man bloß runterzuziehen brauchte und fertig.
Uli Becker

Sünde

Mein heißer Leib erglüht in seinem Hauch,
Er zittert, wie ein junger Rosenstrauch,

Geküßt vom warmen Maienregen.
– Ich folge Dir ins wilde Land der
    Sünde
Und pflücke Feuerlilien auf den
    Wegen,
– Wenn ich die Heimat auch nicht
    wiederfinde...

Else Lasker-Schüler

Syphilis

Davon ist mehr oder weniger jedermann befallen.

Gustave Flaubert

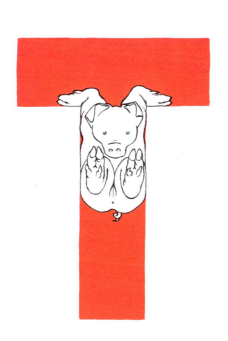

Telefonsex

Ob ich es mal mit einer dieser Telefon-Sexlines versuchen soll, von denen neuerdings so viel die Rede war? Aber wo bekomme ich die Nummer her? In den Gelben Seiten würden sie kaum stehen, und bei der Auskunft mochte ich deswegen nicht anrufen. Dann fiel mir ein, daß ich irgendwo noch ein altes Anzeigenblatt herumliegen hatte, und ganz hinten fand ich tatsächlich spaltenweise einschlägige Angebote. Ich wählte eine Nummer, die mir »100%ige Live-Erotik, heißes Liebesgeflüster, keine Tabus« versprach. In einer Fußnote erfuhr ich, daß »wir dank der neuen EG-Richtlinien jetzt europaweit operieren«. Zehn Minuten hörte ich mir an, wie eine junge Frau ausführlich und unter lustvollem Keuchen und Stöhnen das Schälen und Verspeisen einer Banane beschrieb. Ob in der Fußnote vielleicht die neuen EG-Landwirtschafts-Richtlinien gemeint waren? Es war eine ausgesprochen müde Nummer, und die anderen beiden, die ich ausprobierte, machten mich ebensowenig an. *David Lodge*

Titten

Und je heftiger die Bewegung, desto größer die Liebe. Die größte Liebe ist die griechische Schreibmaschine. Und natürlich eine Frau mit dicken Titten. Tittä. Und ein Mann mit großem Schwanz. Deshalb. Wenn er sich gut bewegen kann. *Hubert Fichte*

Triebe

Den Männern in der Welt haben wir so viel seltsame Erfindungen in der Dichtkunst zu danken, die alle ihren Grund in dem Erzeugungstrieb haben, alle die Ideale von Mädchen und dergleichen. Es ist schade, daß die feurigen Mädchen nicht von den schönen Jünglingen schreiben dürfen, wie sie wohl könnten, wenn es erlaubt wäre. So ist die männliche Schönheit noch nicht von denjenigen Händen gezeichnet, die sie allein recht mit Feuer zeichnen könnten. Es ist wahrscheinlich, daß das Geistige, was ein paar bezauberte Augen in einem Körper erblicken, der sie bezaubert hat, ganz von anderer Art sich den Mädchen in männlichen Körpern zeigt, als es sich dem Jüngling in weiblichen Körpern entdeckt.   *Georg Christoph Lichtenberg*

Schrecken Sträuben
Wehren Ringen
Ächzen Schluchzen
Stürzen
Du!
Grellen Gehren
Winden Klammern
Hitzen Schwächen
Ich und Du!
Lösen Gleiten
Stöhnen Wellen
Schwinden Finden
Ich
Dich
Du!

August Stramm

Nur weil ihr die Triebe dazu habt,
glaubt ihr euch schon zur Liebe
  begabt.
Mascha Kaléko

Triebverzicht

Zwei Dinge mag Herr Triepfer nicht:
Sublimation und Triebverzicht.
Axel Marquardt

Tripper

Ich erinnere mich, daß ich erst mal an
mein dtv-Lexikon ging und alles über
Tripper las, und es stimmte auffallend.
Uli Becker

Tugend

Weibliche Tugend oder Untugend ist von der männlichen, nicht sowohl der Art als der Triebfeder nach, sehr unterschieden. – Sie soll *geduldig*, er muß *duldend* sein. Wirtschaft ist *Erwerben*, die des Weibes *Sparen*. – Der Mann ist eifersüchtig *wenn er liebt*; die Frau auch ohne daß sie liebt. *Immanuel Kant*

Umschlingen

Sie drückt ihren Rücken an seinen Bauch zum Zeichen des Einverständnisses, und er umfaßt sie. Ein zärtliches Gefühl des Friedens stellt sich bei ihr ein, sobald sie sich im Sicherheitsgurt von Gauvains Armen befindet. Er versucht nicht zu mogeln, er rührt keinen Finger. Er hat sogar sein Überredungswerkzeug zwischen den Schenkeln versteckt, aus Feingefühl, und er begnügt sich damit, sie eng zu umschlingen. Von wegen Feingefühl, er müßte doch wissen, daß ihre Körper ganz von alleine Feuer fangen, daß simpler Hautkontakt genügt. Plötzlich dreht sich George zu ihm um, und auf der Stelle ist ihrer beider Verlangen übermächtig, nichts erscheint ihnen mehr wichtig, außer gemeinsam jenen Weg zu gehen, auf dem sie einander niemals enttäuschen. *Benoîte Groult*

Unterkleid

Ich erwarte Katja im Café. Wir fahren per Droschke nach St. Cloud, setzen uns vor die Restauration und trinken, bis es Zeit zur Rückkehr ist. Wir dinieren zusammen bei Marguerite, fahren um 1 Uhr auf meine Stube, wo ich sie auffordere, sich zu Bett zu legen. Sie trägt ein nagelneues Seidenkleid aus dem Louvre, das ihr zu kurz und deshalb mit hundert Stecknadeln festgesteckt ist. Der Schlitz ist sogar vernäht. Ich demoliere das ganze Kunstwerk und werfe sie ins Bett. Trotz des guten

Abendessens mit Champagner gelange ich nicht über zwei Opfer hinaus, woran ihre verfluchte Manier mit schuld sein mag, die Unterkleider nicht ausziehen zu wollen. Ihre Liebkosungen mißfallen mir im höchsten Grade. Ihre Lippen sind schlaff, sie überzieht mir das ganze Gesicht mit Speichel. Dabei schütte ich ihr unablässig Cognac ein, der mir dann sehr penetrant entgegenduftet. Elle me veut tailler une, mais elle me mord les testicles que je crie par douleur. Dabei macht sie so ungeschickte Anstrengungen, mich zu duzen, daß ich es nicht vermag, darauf einzugehn. Zwischen vier und fünf bringe ich sie bei hellichtem Tag nach Hause und lege mich gegen 7 Uhr schlafen. *Frank Wedekind*

Unterrock

Wird man Dich heute abend um 8.30 ›herauslassen‹? Ich hoffe es sehr, denn ich bin in einem solchen Wirbel von Unannehmlichkeiten gewesen, daß ich alles in Deinen Armen vergessen möchte. Komm also, wenn Du kannst. Vermöge der apostolischen Kräfte, mir von Seiner Heiligkeit Papst Pius dem Zehnten verliehen, gebe ich Dir hiermit die Erlaubnis, ohne Unterröcke zu kommen, um den Päpstlichen Segen zu empfangen, den ich Dir mit Freude erteilen werde. *James Joyce*

Untreue

Je mehr sinnliche Lust sich in die Grundlage der Liebe mengt, nämlich in das, was einstmals zur Hingabe geführt hat, desto mehr ist sie der Unbeständigkeit und vor allem der Untreue unterworfen. Dies gilt zumal von der Liebe, deren Kristallisation durch die Leidenschaftlichkeit der Jugend mit sechzehn Jahren begünstigt worden ist. *Stendhal*

O wie so trügerisch
Sind Weiberherzen
Sind keine Männer da
Nehmen sie Kerzen

Volksmund

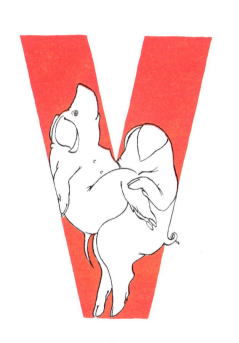

Vagina

Phantasie Nummer eins: Ich betrete eine Apotheke, in einer kleinen Stadt. Ich bin dort fremd. Ich bin ausländisch angezogen, wie eine Hure. Mehrere einheimische Männer sind im Laden und mustern mich mit gierigen Blicken. Ich gehe zur Ladentheke und verlange eine Tube Verhütungscreme. Der Apotheker gibt sie mir. Ich stecke sie ein und will gehen, aber einer der Männer vertritt mir den Weg und sagt, ich sollte sie ausprobieren (die Creme). Sie vergewaltigen mich. Sie drücken mir die Creme in die Vagina und den After. Sie zwingen mich, auf alle viere niederzugehen, und besorgen es mir von hinten. An einem Punkt der Phantasie muß ich mich auf einen

Mann legen, und ein anderer steckt mir seinen Penis in den After, ein zweiter den seinen in meinen Mund.
Dinah

Variation

Victor hat Elsa in den vielen Variationen der Liebe unterwiesen. Sie macht immer mit, wenn auch selten begeistert. Nun, sie ist jung: sie wird schon lernen. *Fay Weldon*

Vasektomie

Lufkin saß neben Celestines nackten Füßen. Er hatte ihren linken Fuß in seine kräftigen Hände genommen und angefangen, abwechselnd jeden einzelnen Zeh zu massieren und den Daumen fest auf das Gewölbe des Fußes zu pressen. Ihr Gesicht konnte er nicht sehen: Es war hinter Orffs Text versteckt, den sie mit beiden Händen hochhielt. Aber an der Art und Weise, wie sie die Zehen des anderen Fußes spreizte, war deutlich zu erkennen, daß dieser die gleiche Behandlung begehrte. Die Musik hatte den Dialog zwischen Catull und Lesbia erreicht. Lufkin ließ sich auf den Boden sinken und nahm Celestines kleinen Zeh in den Mund. Mit unerträglicher Langsamkeit und Zartheit lutschte er ihn, bevor er seine Zunge in den Zwischenraum zwischen den letzten beiden Zehen gleiten ließ. Und dann in den nächsten. Niemand hatte Celestine jemals auf diese Weise liebkost. Als er bei dem großen Zeh ihres linken Fußes angelangt war, lag sie der Länge nach auf dem Boden; wenn die Musik nicht so laut gewesen wäre, hätte man deutlich ihr Atmen hören können. »Keine Angst«, murmelte er, »ich hatte eine Vasektomie.«

Carl Djerassi

Vaseline

Der Unterschied zwischen jüdischen und gojischen Mädchen ist der, daß ein nichtjüdisches Mädchen »da nicht hinfaßt«, wohingegen ein jüdisches Mädchen Sie küßt und hinfassen läßt – und zwar bei sich selbst.

Das einzig Jüdische am Vögeln ist Vaseline. *Lenny Bruce*

Venushügel

 Scham

Verlangen

Nach einer langen, regungslosen Wache bewegten sich meine Tentakel wieder auf sie zu, und diesmal weckte das Knarren der Matratze sie nicht. Es gelang mir, ihr mein gieriges Fleisch so nahe zu bringen, daß ich die Aura ihrer nackten Schulter wie einen warmen Atem an meiner Wange spürte. Und dann setzte sie sich auf, rang nach Luft, murmelte mit irrsinniger Geschwindigkeit etwas von Booten, zerrte an den Laken und fiel in ihre blühende, dunkle, junge Unbewußtheit zurück. Als sie sich in diesem überquellenden Schlafstrom hin und her warf, schlug ihr Arm – eben noch kastanienbraun, jetzt mondblaß – über mein Gesicht. Einen Augenblick lang hielt ich sie. Sie befreite sich aus meiner kaum merklichen Umarmung – unbewußt, ohne Heftigkeit, ohne persönlichen Widerwillen, sondern mit dem neutralen, klagenden Germurmel eines Kindes, das seine legitime Ruhe will. Und wieder war die Lage die gleiche: Lolita, ihr gekrümmtes Rückgrat Humbert zugewandt, Humbert, den Kopf auf die Hand gestützt, brennend vor Verlangen und Magensäure.

Vladimir Nabokov

Verliebt

Ich beginne zu glauben, daß es immer entwürdigend ist, verliebt zu sein; schließlich ist es in neunundneunzig von hundert Fällen immer der Wunsch zu kopulieren, sonst ist es nur ein Schatten seiner selbst, und ein spezieller Wunsch zu kopulieren scheint mir nicht weniger entwürdigend zu sein als ein allgemeiner.

Leonard Woolf

Vernaschen

Der Bär, der die Frau Bär beschläft,
der Fuchs, der froh die Füchsin geigt,
der Ganter, der die Gans vernascht,
der Dachs, der seine Frau besteigt:

Sie wollen alle die beschämen,
die Worte nicht wortwörtlich nehmen.
Robert Gernhardt

Vögeln

Als sie mich erblickte, sagte sie lächelnd: »Wie kommt es, daß du wach bist und dich nicht vom Schlafe hast übermannen lassen? Nun, da du die Nacht hindurch wach geblieben bist, weiß ich, daß du ein wahrhaft Liebender bist. Denn daran werden die Liebenden erkannt, daß sie die Nächte hindurch in ihrer Sehnsuchtsqual wachen.« Darauf wandte sie sich den Dienerinnen zu und gab ihnen ein Zeichen. Die entfernten sich; doch sie selbst trat auf mich zu, zog mich an ihren Busen und küßte mich. Auch ich küßte sie, und sie sog an meiner Oberlippe, während ich an ihrer Unterlippe sog. Dann legte ich meine Hand um ihren Leib und streichelte sie. Und alsbald ruhten wir beide gemeinsam auf dem Boden; da band sie ihre Hose auf, die ihr bis zu den Knöcheln hinabglitt. Nun begannen wir zu tändeln und uns zu umschlingen, zu kosen und zu flüstern von zarten Dingen, zu beißen und Leib an Leib zu legen, und im Umlauf um das heilige Haus und seine Pfeiler uns zu bewegen, bis ihre Glieder erschlafften und sie dahinsank und der Welt entrückt ward.

Erzählungen aus tausendundeiner Nacht

 Pudern
 Ficki-Ficki

Voyeur

Jenseits der Ritze wurde es dunkel. Er hielt den Atem an und wartete. Jetzt mußte es gleich wieder losgehen: das lustvoll-schmerzliche Stöhnen der Frau, ihr Neinneinneinnein und dann das Ja, das krude Wort der Preisgabe. Aber er hörte nur den Mann keuchen und sagen: Ogottogottogott... immer wieder, wie einer, der im Gebet mit seinem Schöpfer ringt. Dann wieder eine Weile Stille. Danach die Stimme der Frau: *Gibst du mir mal die Zigaretten rüber?* Und der Mann: *Tut mir wahnsinnig leid, Schätzchen, ehrlich,* und sie sagte: *Schwamm drüber!* und er: *Dieser verdammte Bourbon!*, und sie gähnte, und er: *Ich versteh's einfach nicht* und sie: *Ich bin müde, Schatz, ich glaub, du gehst jetzt besser,* und der Mann sagte: *Vielleicht, wenn wir noch ein bißchen warten...* und die Frau vergrätzt: *Jetzt laß das doch endlich! Kann jedem mal passieren.* Dann stand wieder Licht in der Ritze, Timothy hörte Wasser laufen, der Mann redete ernst und leise auf die Frau ein, sie antwortete schroff und kalt. Eine Tür ging auf und wieder zu, nebenan wurde es still, nur einmal fiel etwas mit dumpfem Laut ins Waschbecken, und die Frau fluchte. Ratlos und frustriert trat Timothy den Rückweg an. Er versuchte Bilder für das zu finden, was er eben gehört hatte, aber seine Spekulationen endeten in Pünktchen – wie gewisse Stellen in den Taschenbüchern auf Dolores' Bücherbord. *David Lodge*

Die Tür war nur angelehnt. Sie konnte Stöhnen und schweres Atmen hören. Es war, als kämpften sie in dem dunklen Zimmer miteinander. Das Bett knarrte im Rhythmus. Sie hörte Donalds Stimme: »Du tust mir weh.« Aber Miguel stöhnte, und Donald mußte es wiederholen: »Du tust mir weh.«

Das Stöhnen dauerte an, das rhythmische Quietschen der Sprungfedern wurde schneller. Trotz allem, wovon Donald ihr berichtet hatte, mußte sie sich anhören, wie er vor Wollust stöhnte. Dann sagte er: »Du erstickst mich!«

Die Szene, die sich dort im Dunkel abspielte, hatte eine seltsame Wirkung auf sie. Ihr war, als hätte sie selbst teil daran, und zwar als Frau in Donalds

Knabenkörper, und werde von Miguel geliebt.
Anaïs Nin

Eine Erotikszene ist nicht anders als eine Dialogszene.
  Bloß schwerer für die Schauspieler, weil sie eben nackt sind.
Detlev Buck

Walpurgisnacht

Nachher im Zimmer stürzte sich Bichette, die Lippen schief aufeinandergepreßt, auf Fec, riß ihm, daß es nur so knatterte, Kragen und Krawatte herunter, zerrte kreischend an seinen Haaren, zerfetzte ihm Hemd und Weste, schlug ihn, kratzte ihn, bespie ihn und stöhnte und ächzte.

Fec, völlig überrumpelt, hatte sich zu Boden werfen lassen.

Regungslos ließ er alles mit sich tun. ›Wenn sie mir die Augen auskratzen wollte, ich würde es vielleicht auch geschehen lassen‹, dachte er und starrte, von sich selber verwirrt, in die rasenden Augen Bichettes.

Endlich sank sie erschöpft über ihn hin.

Minutenlang lagen sie so.

Dann suchte sie sich seine Lippen und begann verrückt zu lachen.

Diese Nacht wurde die wildeste. Es gab Augenblicke, wo Fec nicht mehr wußte, was er von all dem denken sollte. Bichette raste. Und schrie einmal dermaßen, daß der Zimmerkellner ängstlich klopfte. Aber sie sprach kein Wort. Und auch Fec schwieg.

Nur gegen Morgen, während sie urinierte, sagte sie wie vor sich hin: »Schlingue!« *Walter Serner*

Waschung

Ein züchtiges Mädchen liegt nach dem Vögeln ruhig da und wäscht sich erst, wenn man fort ist. Ein junges Mädchen, das sich die Möse betrachten und dann entjungfern ließ, wäscht sich überhaupt nicht, bevor man ihr gesagt hat, es sei notwendig. Eine Hure versucht oft, den Hintern zurückzuziehen, während man gerade spritzt, empfängt so die Ladung nah am Ausgang und zieht den Schwanz schnell heraus, worauf sie sich zugleich wäscht und pißt. Ein sittsames junges Mädchen wischt sich die Möse nur von außen ab. Mit einer Arbeiterfrau ist es ebenso. Ich habe mehrere gefickt, und nicht eine hat sich vor mir gewaschen. Ich neige zu der Ansicht, daß arme Frauen ihre Möse nur selten auch innen waschen, das erledigen sie durch das Pinkeln.

Walter

Weib

Das Weib mit rosigem Mund
  begann den Leib zu recken,
Wie sich die Schlange dreht
  auf heißem Kohlenbecken,
Und in den Schnürleib fest
  die Brüste eingezwängt,
Sprach diese Worte sie,
  von Moschus ganz durchtränkt:
»Mein Mund ist rot und feucht,
  und auf des Lagers Kissen
Kann alle Tugend ich
  und alle Weisheit missen.
Die Tränen trockne ich
  auf meines Busens Pracht,
Mach' Alte fröhlich,
  wie man Kinder lachen macht.
Wer ohne Hüllen schaut
  des nackten Leibes Wonnen,

Dem ist der Mond verlöscht und
    Himmelswelt und Sonnen!
Ich bin, mein Weiser,
    so geübt in Wollustglut,
Daß tödlich fast dem Mann
    wird der Umarmung Wut,
Und wenn ich meinen Leib
    den Küssen überlassen,
Die frech und schüchtern mich
    und zart und roh erfassen,
Dann über meinem Pfühl,
    der sich vor Wonne bäumt,
Ohnmächtiger Engel Schar
    von meinen Reizen träumt.«

Charles Baudelaire

Wetzen

Liebe kann blind machen; rosten kann Liebe;
In Reinkultur ist sie Schlachtfeld der Triebe.
Und unsre zwei trieben's beim ersten Mal
Wie Hammer und Amboß, Stahl hart auf Stahl.
Wollust, die Funken sprüht, krude und nackt:
Schweißbrenner, der jeden Panzerschrank knackt;
Waggon auf Waggon, wie sie tief unterm Grund
Stoßen und schieben durch finsteren Schlund;
Und Dampf, der mit Überdruck zischend abgeht

An der großen Maschine, die
 Menschen durchdreht.
Nicht viel, und sie hätten im Taumel
 der Lust
Einander gefressen und von nichts
 was gewußt.

Joseph Moncure March

Wichsen

Während ich ihm den Rücken zukehrte, holte er seinen Schwanz wieder hervor und begann zu wichsen. Dann wollte ich die Arbeit übernehmen. »Komm, laß mich mal, dann geb ich dir dies.« Ich zeigte ihm einen halben Sovereign. »Da, nimm.« Er nahm ihn. Ich fürchtete kurz, er würde mich betrügen, aber das tat er nicht – ich nahm seinen Schwanz in die Hand und wichste ihn, wobei ich die ganze Zeit über Mösen redete. – Ja, er hatte schon zwei oder drei gefickt. »Aber ich komm nich immer an se ran.« – Dann – »oho – aha – es kommt.« – und heraus schossen erstaunliche Fontänen dicker, mösenschmierender Flüssigkeit. Ich wichste weiter, bis sein Schwanz schrumpfte, überrascht von seiner jungenhaften Kraft. ›Walter‹

Nur gut, wenn man's selber macht.
Gustave Flaubert

Wildwechsel

Aber Adrian? Adrian, die Sexbombe? Er sollte mein Spontanfick werden.

Was war los? Das Merkwürdigste daran war, daß es mir eigentlich nichts ausmachte. Er war so schön, wie er da lag, und sein Körper roch so gut. Ich dachte daran, wie die Männer nun schon viele Jahrhunderte lang die Frauen um ihres Körpers willen angebetet, ihre Seele jedoch mißachtet hatten. Damals, als ich noch die Woolfs und die Webbs verehrte, war das für mich unfaßbar, doch jetzt verstand ich es. Weil es genau das war, was ich so oft über die Männer dachte. Ihr Innenleben war ein hoffnungsloses Durcheinander, aber ihre Körper waren *so* reizvoll, ihre Ansichten und Meinungen schier unerträglich, doch ihr Penis war seidig. *Erica Jong*

Wittgenstein

Frau Vulpius macht Goethe scharf –
Herr Wittgenstein hat kein Bedarf.
Hans Traxler

Wollust

Man ahnt nicht, wie die Wollust und alles, was man unternimmt, durch die Gewißheit vergrößert werden, wenn man sich sagen kann: Hier bin ich allein, ich bin am Ende der Welt, allen Augen verborgen – kein Geschöpf kann mir zu nahe treten. Dann gibt es weder Hindernisse noch Zügel mehr. Die Begierden erheben sich mit einem Ungestüm, das keine Grenzen mehr kennt, und die alles begünstigende

Straflosigkeit erhöht in angenehmer Weise unseren Rausch. Es gibt dann keinen Gott und kein Gewissen mehr!
Marquis de Sade

Das Mädchen drängte sich an den Dichter, wollüstig wie eine Katze, die sich am Bein ihres Herrn reibt.
Honoré de Balzac

Die Liebe und Wollust schien ihm das einzige zu sein, wodurch das Leben wahrhaft erwärmt und mit Wert erfüllt werden könne. Unbekannt war ihm Ehrgeiz, Bischof oder Bettler galt ihm gleich; auch Erwerb und Besitz vermochte ihn nicht zu fesseln, er verachtete sie, er hätte ihnen nie das kleinste Opfer gebracht und warf das Geld, das er zu manchen Zeiten reichlich ver-

diente, sorglos weg. Die Liebe der
Frauen, das Spiel der Geschlechter, das
stand ihm obenan, und der Kern seiner
häufigen Neigung zu Traurigkeit
und Überdruß wuchs aus der Erfahrung
von der Flüchtigkeit und Vergänglichkeit
der Wollust.

Hermann Hesse

Wurst

Ich erzähle Dir eine Geschichte, die ist tierisch – wird Dich aber zum Lachen bringen; – ein junger Mann in Ferrara entdeckte, wie sich seine Schwester mit einer Bologneser-Wurst vergnügte – er sagte nichts – doch als dieselbe Wurst bei Tisch aufgetragen wurde – erhob er sich – machte davor eine tiefe Verbeugung – und rief aus: *»Vi riverisco mio Cognato«* (Ich erweise meinem Schwager die Ehre). *Lord Byron*

Fleisch macht scharf
und Geld macht sinnlich.
Georg Eyring

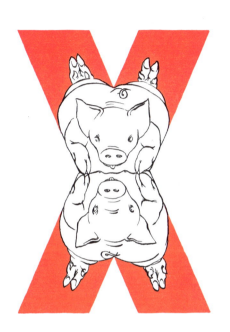

Xanthippe

Die böse Frau Xanthippe heißt,
Die ihren Mann am Halstuch reißt.
Sie goß das volle Nachtgefäß
Hinunter über Sokrates.
Da sprach der Weise sehr verlegen:
»Aufs Donnerwetter folgt der Regen.«
Frank Wedekind

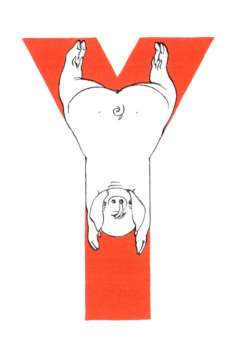

Yin und Yang

Yang ist männlich, Yin ist weiblich,
Das Gefühl ist unbeschreiblich.
Hans Traxler

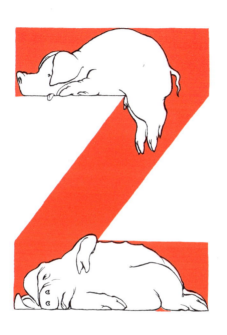

Zacharias

Beseligend war ihre Nähe,
Ihr Löchlein war noch gar nicht weit,
Sie brachte jeden in die Höhe,
Durch ihrer Hand Geschicklichkeit.
N. N.

Zeugung

In Kleinigkeiten wundern wir uns nicht über Geschmacksunterschiede, aber sobald es sich um die Wollust handelt, geht der Lärm los. Gerade diejenigen Frauen, welche infolge ihres geringen Wertes ängstlich darüber wachen, daß man ihnen nichts wegnehme, ereifern sich am meisten, wenn man auch noch so wenig von der von ihnen geforderten Verehrung abweicht. Und warum sollte der Mann gerade in der Zeugungstätigkeit, in der Sinnenlust weniger Geschmacksschwankungen unterworfen sein, als in den anderen Vergnügungen? Kann er dafür, daß ihn das anwidert, was anderen gefällt, und er das aufsucht, was andere abscheulich finden? – Wenn die Medizin genügend vorgeschritten wäre, würde sie uns die Absonderlichkeiten der Liebe genau so im Zusammenhang mit der natürlichen Veranlagung erklären, wie das den anderen »natürlich Erscheinende«. Wo ist also eure Weisheit, wo sind eure Gesetze, Strafen, euer Paradies, eure Hölle, euer Gott – ihr Gesetzgeber, Pedanten, Henkersknechte, Mörder, Menschenzüchter, wenn erwiesen ist, daß diese oder jene natürliche

Veränderung im Nervensystem aus einem Menschen das macht, was man mit schrecklichen und unsinnigen Strafen verfolgt! *Marquis de Sade*

Zitzen

Während er seinen Angriffsplan schmiedete, ließ er seine Hände über den Körper Gerties irren; da er sie an sich gezogen hatte, lernte er den Rücken am besten kennen; und dic Brüste, weil sie ihn mit ihren spitzen Zitzen stachen. Er tastete sich mit den Händen nach unten und fand die Berührung mit dem elastischen Tüll kurios und mehr als angenehm die Tatsache, daß dieser Tüll substantielle Reize bedeckte. *Raymond Queneau*

Zölibat

Er hatte zu viele Kardinäle mit ihren Geliebten dinieren sehen, um über sich selbst schockiert zu sein. Doch es schien lächerlich, sein reines Register noch in diesem Alter befleckt zu haben. Er wußte, daß er es eigentlich aus Neugier getan hatte, um zu wissen, worauf er in all den Jahren verzichtet hatte. Er mußte sich eingestehen, daß er es sich in der Phantasie großartiger vorgestellt hatte. In Wirklichkeit war es zu schnell vorbei und zu wirklich. Der schwerste Moment kam hinterher, nicht bei der Beichte, sondern eine Woche später, als das arme Zimmermädchen mit verliebten Augen wiederkam und er sie wegschicken mußte. Sie sagte, sie habe ihm wohl nicht gefallen, was ihn fast zu einem neuen Übertritt brachte, mehr aus Mitleid als aus Lust. Schnell arrangierte er, daß sie in einen entfernten Flügel des Vatikans versetzt wurde, dachte monatelang fast jeden Tag an sie und hatte manchmal neue Anfälle zärtlichen Mitleids mit ihr, wenn der Duft von Mandeln von der Straße heraufzog. Dies erwies sich jedoch als letztes großes Auflodern des körperlichen Verlangens, und er dankte dem Himmel für die Gnaden des Alters. Nur zu den seltensten Anlässen, wie jetzt, wenn er diesen außergewöhnlichen Wein trank, regte sich in ihm die Erinnerung an die Hoffnung auf einen körperlichen Genuß von so gefährlicher Vollkommenheit, daß er zeitweise die Furcht vor dem Tode zerstören konnte. *Mary Breasted*

Zumpf

Als dann die Lust kam, war ich nicht
 bereit.
Sie kam zu früh, zu spät, kam einfach
 nicht gelegen.
Ich hatte grad zu tun, deswegen
war ich, als da die Lust kam, nicht
 bereit. *Robert Gernhardt*

An der Nase eines Mannes
erkennt man den Johannes.
Volksmund

Zunge

Wenn ein Mann eine Frau liebt
Setzt er sie zunächst auf seine Knie

Behutsam streift er ihr Kleid ab
Um seine Hose nicht in
   Mitleidenschaft zu ziehen
Denn Stoff auf Stoff
Nützt den Stoff ab
Dann überprüft er mit seiner Zunge
Ob man ihr die Mandeln richtig
   herausgenommen hat
Sonst bestünde tatsächlich Infektions-
   gefahr. *Boris Vian*

»Schwein«, stöhnte sie, warf sich über ihn, küßte ihn, preßte ihre Lippen um die seinen in den pappigen Auswurf, der die Münder mit schmatzendem Geräusch verklebte, stieß ihre Zunge in seine Mundhöhle, die Zungen rangen, gemeinsam zerquetschten sie eine Erbse aus dem Ragout. *Ulla Hahn*

Zuzeln

Rittlings auf ihm, greifen die feuchten, festen Wände ihres Geschlechtes nach seiner Steifheit. Ihre roten Haare fallen wie Vorhänge über sein Gesicht. Sie dreht den Kopf etwas zur Seite und saugt in einem langen, zischenden Atemzug Luft durch geschürzte Lippen und zusammengebissene Zähne. Er hebt seinen Kopf vom Satinkissen und findet ihren offenen, feuchten Mund, ihre gewandte, schlüpfrige Zunge. Seine Hände streifen schwelgerisch und verwundert über ihr Glück auf dem nachgiebigen und nachgebenden Fleisch umher. Er fühlt, wie seine Wirbelsäule zerschmilzt, wie, zu früh, zu früh, unaufhaltsam er seinen Höhepunkt erreicht. *Walter Satterthwait*